KB123972

로크미디어가
유혹하는
재미있는 세상

ROK
MEDIA

로크미디어

Taming Master

테이밍 마스터

테이밍 마스터 11

2017년 1월 5일 초판 1쇄 인쇄
2017년 1월 10일 초판 1쇄 발행

지은이 박태석
발행인 이종주

기획 팀 이기헌 송윤성 왕소현
책임 편집 최이슬

발행처 (주)로크미디어
출판등록 2003년 3월 24일
주소 서울시 마포구 성암로 330 DMC첨단산업센터 3층 314호
Tel (02)3273-5135 Fax (02)3273-5134
홈페이지 rokmedia.com **E-mail** rokmedia@empas.com

값 8,000원

ISBN 979-11-6048-764-0 (11권)
ISBN 979-11-5960-986-2 04810 (세트)

11

Taming Master

|박태석 게임 판타지 장편소설|

테이밍마스터

ROK
MEDIA
로크미디어

CONTENTS

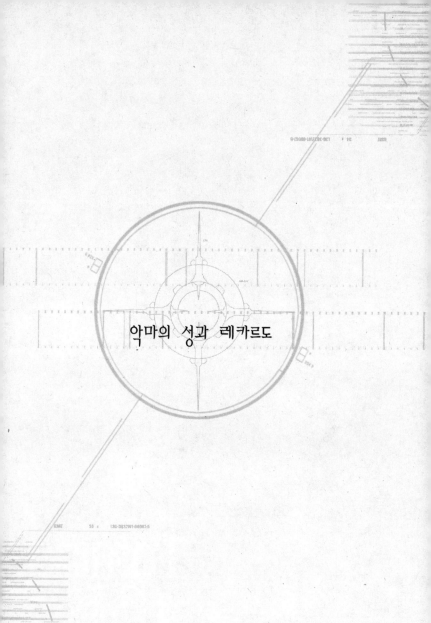

악마의 성과 레카르도

Taming Master

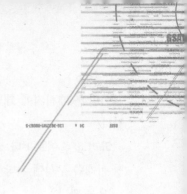

이안은 오랜만에 훈이에게 온 메시지를 보며 피식 웃었다.

'요놈은 또 웬일이지?'

이안은 곧바로 대답 메시지를 보냈다.

-이안 : 왜, 또 무슨 일이냐? 너답지 않게 '혀엉'은 또 뭐고?

훈이의 메시지는 곧바로 돌아왔다.

-간지훈이 : 형 내가 보낸 퀘스트 공유 메시지 못 봤어?

"으음……?"

이안은 메시지에 대답하기에 앞서 퀘스트 창을 열어 보았다.

그리고 훈이로부터 날아온 퀘스트 공유 메시지가 퀘스트 창 아래쪽 구석에 처박혀 있는 것을 발견할 수 있었다.

'요놈 봐라?'

가만히 퀘스트 내용을 읽어 보니, 무려 히든 퀘스트인 데다가 마계에 이제껏 한 번도 등장한 적이 없었던 길드 퀘스트였다.

눈치 백단인 이안이 어떻게 된 상황인지 알아채지 못할 리없었다.

이안은 장난기 어린 표정으로 대답 메시지를 보냈다.

-이안 : 네가 보낸 공유 메시지?

-간지훈이 : 응, 내가 퀘스트 하나 형한테 공유했는데! 무려 히든 퀘스트인 데다가 길드 퀘스트라고!

-이안 : 네가 보낸 게 아니라 '보내진' 거겠지.

-간지훈이 : 으응……?

-이안 : 짜식이 말야, 그런 퀘스트가 있어서 공유됐으면, 게다가 형이 못 보고 있는 것 같으면 재깍재깍 메시지 보내서 알려 줬어야지. 혼자 퀘스트하려고 모르는 척 숨기고 있냐? 치사하게!

잠시간의 정적이 흐른 후, 훈이의 대답이 돌아왔다.

-간지훈이 : 아, 형······ 그런 게 아니라······.

이안의 입에서 실소가 흘러나왔다.

-이안 : 그런데, 그렇게 숨기고 있었으면서 왜 이제 와서 날 찾아?

-간지훈이 : 에이, 숨긴 거 아니라니까 그러네. 그동안 파티 모으느라 좀 시간이 걸린 거였어.

훈이는 그럴싸한 핑계를 댔지만, 그걸 이안이 믿어 줄 리가 없었다.

-이안 : 퀘스트가 너무 어려워서 한 너댓 번쯤 실패한 거 아니야 벌써?

-간지훈이 : ······.

그리고 예리하다 못해 가슴을 후벼 파는 이안의 통찰력에, 훈이는 그만 할 말을 잃고 말았다.

-간지훈이 : 후······ 그래, 형, 우리 좀 도와줘. 지금 형만 있으면 바로 퀘스트 클리어할 수 있단 말이야. 퀘스트 정보 읽어 봤으면 알겠지만, 형 입장에서도 엄청 좋을 수밖에 없는 퀘스트라고.

훈이의 설득에, 이안의 뒤끝이 작렬했다.

-이안 : 물론 그렇겠지. 그러니까 네 녀석이 그렇게 숨겼겠지.

　-간지훈이 : 아, 혀엉, 그건 내가 잘못했어. 그러니까 퀘스트하러 가자, 응? 지금 뭐 하고 있어? 바빠?

　이안은 훈이와 메시지를 주고받는 중에도, 공유받은 퀘스트의 정보를 꼼꼼히 읽고 있었다.

　'확실히 좋은 퀘스트긴 하네. 특히 분노의 도시에 로터스 길드를 등록할 수 있다는 건 분명 엄청난 메리트야.'

　퀘스트에 대한 판단이 마무리되자 그는 단호하게 대답했다.

　-이안 : ㅇㅇ.

　-간지훈이 : 으응……?

　-이안 : 뭘 으응이야? 형 바쁘다고, 인마.

　-간지훈이 : 아, 왜! 뭐 하는데? 어차피 형 그냥 마계에서 온종일 사냥만 하고 있는 거 다 안다고!

　-이안 : 네가 준 퀘스트보다 한 세 배 반 정도 중요한 퀘스트하는 중이라 바쁘시다. 다른 사람 잘 구해 봐. 소환술사가 필요한 거라면 노엘이 있잖아? 걔 데리고 가.

　-간지훈이 : ……너무해, 형.

　-이안 : 네가 더 너무해.

　훈이의 부탁을 매몰차게 거절해 버린 이안은, 콧노래를 부르며 속으로 생각했다.

'아마, 훈이 녀석이 어제만 메시지를 보냈었어도 수락했을 지도 모르는데 말이지.'

이안이 훈이의 제안을 수락하지 않은 이유는 간단했다.

'어차피 마계 몬스터 웨이브가 열리는 순간 한동안 마계에 들어오지 못한다던데, 그 퀘스트를 내가 지금 클리어해서 어디다 써먹어?'

바로 방금 전까지 고대 차원 전쟁의 세계관을 보면서 알게 된 정보가 이안의 선택에 큰 도움을 주었던 것이었다.

'몬스터 웨이브 열리면 마계에 언제 다시 들어올 수 있을지도 모르는데…… 정말 최고로 쓸데없는 퀘스트였어.'

분노의 도시에 정식 길드로 등록되는 것의 가장 큰 메리트는, 길드원들이 분노의 도시에 있는 포털을 사용할 수 있게 된다는 점이었다.

이것은 마계에서의 사냥에 많은 도움을 줄 것이었고, 길드가 마계에 정착하는 데 훌륭한 발판이 되어 줄 것이 분명했다.

하지만 그것은 마계 콘텐츠가 열린 초기인 데다 어지간한 상위권 유저조차 마계 사냥에 엄두도 못 내는 지금 시점이기에 큰 메리트인 것이지, 나중에 마계 몬스터 웨이브까지 끝나고 나면 정말 쓸모없는 보상이 될 게 뻔했다.

몸이 찌뿌둥했는지 이안은 기지개를 크게 켰다.

"으아앗! 자, 그럼 나는 이제 악마의 성으로 한번 가 볼까?"

이안의 말에, 옆에서 가만히 둥둥 떠 있던 카카가 의아한 표정으로 물었다.

"주인아, 이 기록서 감정해 줄 탐험가 찾으러 가는 거 아니었냐?"

이안이 고개를 저으며 대꾸했다.

"그건 조금 나중에. 일단 사흘 안으로 악마의 성에 가는 게 먼저니까."

"그럼 그 뒤에 찾는 거냐?"

"흐음……"

잠시 생각하던 이안이 천천히 대답했다.

"아니, 일단 마계 몬스터 웨이브가 시작되기 전까지, 마계에서 한 발짝도 안 나갈 거야. 여기 콘텐츠 최대한 깊숙하게 뚫어서 최대한 이득을 많이 봐 놔야 하니까."

카카가 칭얼댔다.

"히잉, 주인아, 나는 어비스 드래곤을 빨리 보고 싶다. 뿍뿍이가 얼마나 멋진 드래곤이 될지 궁금하다."

옆에서 미트볼을 먹고 있던 뿍뿍이가 자신의 얘기가 나오는 것을 들었는지 쪼르르 기어 왔다.

"뿍! 그렇뿍. 나는 멋진 드래곤이 될 거다뿍!"

이안이 뿍뿍이와 카카를 번갈아 응시하며 피식 웃었다.

"어차피 지금 당장 여의주 있어 봐야, 애 진화 못 시키잖아. 애가 일단 자력으로 귀룡인지 뭔지가 되어야 그 다음에 여의주가 필요한 거잖아."

카카가 떨떠름한 표정으로 고개를 끄덕였다.

"그, 그거야 그렇다, 주인아."

이안이 뿍뿍이를 향해 한 번 더 물었다.

"맞지, 뿍뿍?"

"뿌뿍, 그런 것 같뿍!"

어찌 되었든, 앞으로의 계획을 대략적으로 잡은 이안이 빠르게 걸음을 옮기기 시작했다.

"빨리 움직이자, 시간이 없어. 사흘 내로 악마의 성에 들어가려면 시간이 빠듯해."

이안의 말이 끝나자마자 구석에서 쉬고 있던 얀쿤이 벌떡 일어나 그의 뒤에 따라붙었고, 다른 일행들도 얼른 둘의 뒤를 따랐다.

그리고 이틀 뒤.

퀘스트 제한 시간을 하루 남겨 둔 채 이안의 일행은 드디어 마계 80구역에 있는 악마의 성에 입성할 수 있었다.

"예? 그가 거절했다고요?"

세일론은 무척이나 당황한 표정을 지었다. 그리고 그의 뒤쪽에 있던 샤크란 또한 당황스럽기는 마찬가지였다.

"허어, 퀘스트 공유가 날아갔으면 분명 보상 내용도 전부 확인할 수 있었을 텐데, 거절했다……?"

훈이가 한숨을 푹 쉬며 대답했다.

"네, 한 치의 망설임도 없이 거절하던데요?"

세일론이 훈이에게 물었다.

"대체 왜 거절한대요?"

"바쁘다고……."

"뭐 한다고 바쁘기에?"

"이안 형 말로는, 이 퀘스트보다 세 배 반쯤 중요한 퀘스트를 진행 중이라고 방해하지 말라던데요."

샤크란은 당황한 나머지 말을 잃고 말았다.

"……."

세일론은 어이없다는 듯한 표정으로 중얼거렸다.

"아니, 뭐 얼마나 중요한 퀘스트기에. 그리고 세 배 반은 뭐야? 두 배도 아니고 세 배도 아니고."

그들과 함께 퀘스트를 진행하던 파티원 하나가 조심스레 입을 열었다.

"혹시 이 퀘스트의 난이도가 엄청나게 어려울 것임을 짐작하고 아예 손도 대지 않으려는 것은 아닐까요?"

세일론이 턱을 만지작거리며 중얼거렸다.

"흐음……. 듣고 보니 그럴 수도 있겠네요. 보상이 크긴 해도 리스크도 만만치 않은 퀘스트이긴 하니까."

하지만 훈이는 두 사람의 대화에 절대로 동의할 수 없었다.

'아니야. 난이도가 어려워 보인다고 해서 이런 히든 퀘스트를 그대로 패스해 버릴 형이 절대로 아니야.'

지금까지 훈이가 본 바로는 이안과 전혀 어울리지 않았다. 오히려 퀘스트가 어려워 보일수록 더욱 의지를 불태우곤 했던 이안이었으니까.

'그럼 대체 뭘까? 진짜 엄청난 퀘스트라도 진행하고 있는 거 아닐까?'

아마 일행 중 누구 한 명이라도 영상을 시청했다면, 이안의 선택을 이해할 수 있었을 것이다.

하지만 안타깝게도 퀘스트의 클리어에 모든 관심사가 쏠려 있던 그들이 영상을 확인했을 리가 없었던 것이었다.

'으음…… 이 퀘스트보다 세 배 반만큼 중요한 퀘스트가 대체 뭘까? 3.5라는 숫자에도 무슨 의미가 있지 않을까? 원래 막 아무데나 수치 매겨서 분류하기 좋아하는 형이니까.'

훈이는 머릿속이 점점 미궁 속으로 빨려 들어가는 듯한 느낌을 받았다.

'제길, 뭐 어떻게든 되겠지.'

―마계 80구역에 최초로 입장하셨습니다.

-명성을 10만 만큼 획득합니다.

-앞으로 일주일 간, 마계 80구역에서 획득하는 모든 마계 관련 스텟들이 한 배 반만큼 증가합니다.

-앞으로 일주일 간, 경험치 획득량이 두 배로 증가하며, 아이템 드랍율도 두 배로 상향 조정됩니다.

80구역에 진입하자마자 떠오르는 메시지들을 보며, 이안은 속으로 투덜거렸다.

'으으, 아까워, 아까워, 아까워!'

이안은 지금 카일란 한국 서버의 그 누구보다 마계 깊숙한 곳까지 들어와 있는 유저였다.

그러다 보니 마계라는 맵 구조의 특성상, 모든 맵의 최초 발견 타이틀을 얻을 수밖에 없었던 것이다.

중부 대륙을 예로 들면, 맵 자체가 넓고 넓은 하나의 오픈 맵이다.

그렇기에 가장 먼저 중부 대륙에 도착한 사람이라 하더라도 모든 지역의 최초 발견자가 될 수는 없다.

나아갈 수 있는 방향과 경우의 수가 무궁무진하기 때문이었다.

하지만 마계의 경우에는 맵의 구조가 수직적인 구조고, 그 루트가 한정적이었다.

그렇기 때문에 이안이 마계 모든 구역의 최초 발견 타이틀을 전부 얻어 버린 것이다.

'으, 진짜 이거 퀘스트 제한 시간만 아니었어도, 맵마다 최초 발견 버프 빠질 때까지 전부 탈탈 털어먹었을 텐데.'

이안은 투덜거리며 얀쿤의 뒤를 따랐다.

상급 마족 중에서도 상위권에 속하는 얀쿤은 당연히 악마의 성에 와 본 적이 많았던 것이다.

"얀쿤, 이제 얼마나 더 가면 돼?"

이안의 물음에 얀쿤이 묵직한 목소리로 대답했다.

"이제 얼마 남지 않았다. 한 10분 정도만 더 이동하면 될 것 같군."

이안은 그래도 이동하는 길에 등장하는 몬스터들을 외면하지는 않았다.

80구역쯤 되자 필드에 등장하는 대부분의 마수들이 중급 마수였고, 그들은 경험치가 무척이나 짭짤하기 때문이었다.

'처음엔 조금 상대하기 버거웠던 것 같은데…… 확실히 이제는 적응이 다 됐어.'

이안은 정령왕의 심판을 이리저리 휘두르며 침착하게 마수들을 처치했다.

그리고 얀쿤의 말처럼 10분 정도를 더 움직이자, 거대한 바위산 위쪽에 지어진 웅장한 성채 하나가 눈에 들어왔다.

"저기야, 얀쿤?"

성채를 발견한 이안이 묻자 얀쿤은 고개를 주억거리며 대답했다.

"그렇다, 주군."

이안의 얼굴이 한층 밝아졌다.

"좋아! 그렇다면 곧바로 들어가자고!"

말을 마친 이안이 발걸음을 다시 옮기려는데, 그의 앞을 얀쿤의 손이 막아섰다.

"잠깐."

"왜 그래, 얀쿤?"

이안의 물음에, 얀쿤이 한쪽 손을 들어 성채 한쪽을 가리켰다.

"뭔가 이상하다, 주군. 아무래도 악마의 성에 무슨 일이 생긴 것 같다."

"으음……?"

그리고 어리둥절한 표정이 된 이안의 눈앞에, 돌연 시스템 메시지가 주르륵 떠올랐다.

띠링-

-특정 조건의 발동으로, '마족의 태동 Ⅲ (히든)(연계)'퀘스트의 히든 피스가 발동됩니다.

-'악마의 성'이 파괴마들로부터 공격받고 있습니다.

-마왕 '레카르도'를 만나기 위해서는 악마의 성을 공격하는 파괴마들을 처치해야만 합니다.

-파괴마들을 많이 처치할수록 마왕 '레카르도'의 친밀도가 대폭 상승합니다.

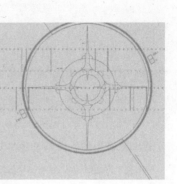

악마의 성, 전투 현황

획득 포인트 : 0점
획득 경험치 : 0 (x250퍼센트)
*현재까지 처치한 파괴마
하급 마족 : 0/하급 마수 : 0
평마족 : 0/중급 마수 : 0
상급 마족 : 0/상급 마수 : 0
노블레스 : 0/최상급 마수 : 0

마계 120구역.

이곳은 마계의 모든 구역 중 가장 만만한 마수들이 등장하며, 맵도 무척이나 넓고 마수들이 많아서 갓 마계에 입성한 초보들이 사냥하기 좋은 곳이었다.

그리고 마계 120구역은 그 어느 때보다 많은 유저들로 붐비고 있었다.

"님들, 지금 쉴 시간이 없어요. 여기서 이렇게 쉴 시간에 마정석 한 개라도 더 캐야 한다고요!"

"어이, 이쪽 큰 바위 뒤 사냥터는 우리 파티가 계속 사냥하고 있었다고! 이렇게 상도덕 안 지키면 곤란하지!"

"아자, 마정석이다! 이걸로 열다섯 개째!"

원래도 마계 120구역은 다른 마계의 구역들에 비해 제법 사람이 많은 편이었다.

하지만 절대로 사냥할 자리가 모자랄 정도로 붐빈 적은 없었는데, 사냥터가 이렇게 되어 버린 이유는 간단했다.

그 어떤 것보다도, 마계의 콘텐츠에 우선적으로 집착해야 할 이유가 생긴 것이었다.

ㅡ앞으로 25일 뒤에, 마계의 몬스터 웨이브가 시작됩니다.

ㅡ마계의 몬스터 웨이브가 시작되면 웨이브를 다 막아 내기 전까지 마계로 이어지는 모든 포털이 닫히게 되며, 마계에 있는 모든 유저들이 인간계로 강제 소환당하게 됩니다.

벌써 닷새째, 이 메시지가 매일 밤 12시가 넘는 순간 서버 전체에 울려 퍼지고 있었다.

메시지의 내용을 한마디로 요약하면, 마계의 몬스터 웨이브가 시작되는 순간 더 이상 마계 콘텐츠를 이용할 수 없다는 말이었으니, 유저들이 그전까지 눈에 불을 켜고 마수 사냥에 열을 올릴 수밖에 없는 것이다.

특히 모든 장비의 능력치를 엄청나게 뻥튀기시켜 줄 수 있는 '강화' 시스템은, 모든 마계의 콘텐츠 중에서 가장 확실하게 전투력 강화 효과를 볼 수 있는 것이었다.

그렇기에 대부분의 유저들은 마정석을 캐기 위해 하루 온종일 사냥만 하고 있었다.

"와 씨, 얼마 전에 경매장 보니까, 5강 풀로 된 초월 장비 제법 많이 돌아다니던데, 난 왜 3강에서 계속 미끄러지는 거지?"

"야, 너 지금까지 마정석 몇 개나 썼는데?"

"글쎄? 다 합하면 그래도 한 사오십 개는 쓰지 않았으려나? 내 사냥 속도로 하루에 마정석 열 개 정도 캐는데, 사냥 시작한 지는 닷새 정도 됐으니까 말이야."

"에휴, 쉰 개 정도면 초월 장비 못 만드는 게 당연하지."

"그래? 원래 이렇게 확률이 극악이야?"

"응, 차라리 하나 초월 장비로 올릴 생각하지 말고, 모든 부위 다 3강 정도씩을 목표로 해 봐. 시간이 그렇게 많이 남은 건 아니니까 말이야."

하지만 사냥터에 있는 모든 유저들이, 전부 아이템 강화만을 위해 사냥하고 있는 것은 아니었다.

개중에 일부 유저들은, 마정석으로 한몫 단단히 잡을 생각을 하고 있었다.

"크흣, 이제 곧 있으면 마정석 세 자리 채우겠는데?"

"정말? 벌써 그렇게 많이 모았어?"

"응. 방금 연속 세 마리에서 계속 떨어졌거든. 넌 얼마나 모았는데?"

"잠시만…… 이제 한 아흔 개 정도 모았나?"

"후후, 이 페이스로 가면 남은 이십오 일 더 캤을 때 오륙백 개는 충분히 모을 수 있겠어."

"맞아. 우리 둘이 합치면 한 천 개는 먹을 수 있겠지."

"크으, 그것만 다 팔면 정말 한몫 단단히 챙길 수 있겠지?"

"물론이지. 지금도 비싼 게 마정석인데 마계까지 닫혀 버리면 최소 세 배는 가격이 뛰지 않을까?"

"확실히, 그럴 만해. 그런데 말이야……."

"응?"

"만약 몬스터 웨이브가 시작되고, 거기서 쏟아져 나올 마계의 몬스터들도 마정석을 드롭하면 어떻게 되는 거지?"

"걱정하지 마, 절대로 그럴 리가 없어."

"음…… 어째서지?"

"공식 홈페이지 공지에도 떠 있잖아, 인마."

"뭐라고?"

"'마계 몬스터 웨이브가 시작되고 나면, 웨이브가 끝나기 전까지는 마계와 관련된 어떤 아이템도 획득하실 수 없습니다.'라고 말이지."

"아하!"

이러한 정황들을 봤을 때, 누가 생각하더라도 마계가 열리는 순간 마정석의 가격이 천정부지로 뛰어 오를 것이라는 것만은 자명한 사실이었다.

"후우, 마계 처음 열렸을 때부터 들어와 있던 최상위권 유저들은 좋겠다."

"그러게 말이다."

"전에 30위권 안에 있는 어떤 전사 유저가 자기 장비 창 공개한 거 봤는데, 모든 부위 전부 초월 장비로 맞췄더라고.

게다가 한 부위는 +7강까지 되어 있는 것도 있더라."

"크으."

"게다가 인벤에는 하급 마정석이 거의 삼사백 개 굴러다니고 있던데?"

"좋겠다. 게다가 공지 뜬 거 본 순간, 걔들도 사냥 시작했을 거 아냐? 심지어 더 상위 구역에서 사냥할 테니 드롭율도 훨씬 높을 테고."

"그렇지."

그리고 카일란 한국 서버 유저들 중 가장 많은 마정석이 인벤토리에 굴러다니고 있는 유저는 바로 이안이었다.

쾅- 쾅쾅쾅쾅쾅-!

마계 80구역 외곽에 있는 거대한 성곽.

그리고 그 앞에서는 마계에서 보기 힘든 엄청난 대규모의 전투가 펼쳐지고 있었다.

-소환수 '카르세우스'가 고유 능력 '드래곤 브레스'를 사용합니다.

-하급 마족 '마리스토'에게 176,598만큼의 피해를 입혔습니다.

-중급 마수 '코일란'에게 치명적인 피해를 입혔습니다.

-중급 마수 '코일란'의 생명력이 249,803만큼 감소합니다.

이안은 브레스를 비롯한 모든 광역기를 한차례 쏟아부었다.

빡빡이의 도발로 인해 빼곡히 모여든 마수들을, 단 한순간에 지워 버린 이안은 경험치 게이지를 힐끗 확인했다.

이안 : 소환술사/Lv 199 (96.54퍼센트)

'좋아! 정말 잘만 하면, 이 꿀 같은 경험치 웨이브가 끝나기 전에 드디어 200레벨을 찍을 수도 있겠어!'

이안은 오랜만에 레벨 업에 대한 갈망을 온몸에 담아, 마족과 마수들을 학살하고 있었다.

지금껏 수많은 레벨을 올려 왔지만, 백의 자리 숫자가 바뀐다는 건, 그 자체만으로도 상징적인 의미가 있다고 생각하는 이안이었다.

게다가 200레벨이라는 것의 의미는 거기에만 있는 것이 아니었다.

'얼마 전에 확인해 보니까 서버 전체 레벨 랭킹 1위가 199레벨이었어 분명! 그 사이에 200레벨을 찍지는 않았겠지?'

이안이 200레벨이 되는 순간, 레벨 랭킹 1위의 자리를 처음으로 탈환하게 되는 것이다.

심지어 2개월이나 늦게 출시된 '신규 클래스'의 유저인 데다 레벨 업 난이도가 가장 극악하기로 알려진 '소환술사' 유저임을 감안한다면, 이것은 정말 엄청난 사건이었다.

'뭐, 비공식 랭커들 중에는 200레벨을 넘긴 녀석들이 몇몇

Taming
Master
테이밍마스터

있을 수도 있겠지만…….'

어쨌든 신이 날 대로 난 이안은, 전장을 넘나들며 미친 듯이 날뛰고 있었다.

"할리, 이쪽으로! 핀이, 너는 저기 라이 좀 도와주러 가! 카이자르, 너는 나랑 같이 여기 있고!"

벌써 이안이 마계에 온 지도 제법 시간이 지났다.

하지만 지금까지 이안이 필드에서 상대했던 적들은 거의 '마수'들이었고, 이번에 처음으로 마족들과의 전투를 벌이는 것이었다.

그래서 처음 전투가 시작되기 전까지는 갑자기 적으로 만나게 된 대규모의 마족들이 걱정되기도 했지만, 그 걱정이 그렇게 오래 가지는 않았다.

전투 패턴을 익히고 나니 오히려 마족들이 마수들보다 상대하기 수월했던 것이었다.

'오히려 가지고 있는 전투 능력치 자체는 마족들이 마수들보다 부족한 것 같은 느낌인데.'

전투 AI야 당연히 마족들이 마수들보다 월등히 높았다.

하지만 마수들과 같은 등급을 가진 마족을 기준으로 생각했을 때, 전투 능력치 자체는 오히려 마수들이 더 높게 느껴졌던 것이었다.

만약 대규모 전투를 별로 선호하지 않고 경험도 많지 않은 유저였더라면, 전투 스텟이 어떤지에 관계없이 무조건 마족들이 상대하기 훨씬 더 어려웠으리라.

하지만 이안은 대규모 전투에 누구보다도 도가 튼 유저였다.

그런 그에게 전술 싸움은, 전혀 전투의 걸림돌이 되지 않았다.

"카이자르, 저쪽으로 가서 얀쿤이랑 자리 교체해 줘. 얀쿤, 넌 이쪽으로 오고!"

"알겠다, 영주 놈아."

"알겠다, 주군."

그리고 잠시 후, 이안의 명령으로 위치를 옮긴 얀쿤이 손가락으로 어딘가를 가리키며 이안을 향해 입을 열었다.

"주군, 이제 거의 다 뚫은 것 같다. 이 정도면 슬슬 악마의 성에서도 지원 병력이 나올 거고, 우린 그때 성 내부로 들어가 마왕님을 만나 뵈면 될 것 같다."

그 말에 이안이 슬쩍 고개를 돌려 얀쿤이 가리킨 곳을 응시했다.

그리고 그곳에는, 악마의 성 내부로 통하는 커다란 성문이 있었다.

'으음…… 확실히 조금만 더 뚫으면 저 안으로 들어갈 수 있겠어. 레카르도인지 뭔지 마왕 놈을 빨리 만나기는 해야 하는데.'

하지만 이안이 이렇게 산더미같이 쌓여 있는 경험치들을

보고 그냥 지나칠 수 있을 리가 없었다.

'조금만, 아니, 딱 반나절만 더 사냥하고 들어가야겠어.'

그렇지 않아도 200레벨 초반대의 하급 마족들과 하급 마수들은 제법 짭짤한 경험치를 주었다.

게다가 개미 떼처럼 계속해서 쏟아져 나오는 이 마수들이 경험치를 평소의 두 배 반이나 더 주고 있었으니, 이안으로서는 천국에 와 있는 것과 다를 바 없는 상황이었다.

이안이 얀쿤을 향해 입을 열었다.

"얀쿤, 조금만 더 기다려."

"왜 그러는가?"

"아직 우리한텐 전투할 수 있는 여력이 많이 남았잖아?"

뜬금없는 이안의 말에, 얀쿤이 조금 의아한 표정으로 고개를 끄덕였다.

"그렇……다."

"그리고 기왕 이렇게 싸우기 시작한 것, 가능한 한 많은 녀석들을 처치하고 들어가야 마왕께서 기뻐하시지 않겠어?"

그럴싸한 핑계로 사냥을 더 즐기기 위한 당위성을 만들어 낸 이안이었다.

그리고 얀쿤은, 마왕을 생각하는 이안의 세심한 배려(?)에 흡족한 표정이 되었다.

"확실히 그것도 그렇군. 그럼 나도 더 많은 파괴마들을 처치하기 위해 최대한 힘쓰도록 하지."

말이 끝나기가 무섭게, 얀쿤은 양손에 들고 있던 대부大斧를, 눈앞에 보이는 커다란 마수를 향해 강하게 던졌다.

쾅− 쾅−!

얀쿤의 도끼는 기가 막힐 정도로 정확히 마수의 이마와 가슴팍에 꽂혔고, 상대는 그대로 즉사할 수밖에 없었다.

−가신, '얀쿤'이 중급 마수 '케르코'에게 치명적인 피해를 입혔습니다.

−중급 마수 '케르코'의 생명력이 225,938만큼 감소합니다.

−중급 마수 '케르코'를 처치하셨습니다.

하지만 이것이 끝이 아니었다.

눈앞의 적이 잿빛으로 변해 사라지는 것을 본 얀쿤은 바닥에 떨어진 도끼를 회수하는 대신에, 등에 대각선으로 메고 있던 거대한 대검을 뽑아 들었다.

그르릉−!

묵직한 마찰음과 함께 뽑혀 올라온 얀쿤의 대검은 일반적인 인간전사가 사용하는 대검보다 족히 세 배 정도는 커 보였다.

얀쿤은 무릎을 살짝 굽히더니 번개처럼 허공으로 뛰어 올랐다.

그리고 그 순간, 이안의 눈앞에 시스템 메시지가 떠올랐다.

−가신 '얀쿤'의 고유 능력인 '광란의 전투'가 지속 시간 (00:14:59)동안 발동됩니다.

−광기에 휩싸인 동안 얀쿤의 방어력이 30퍼센트만큼 감소하며, 공격

력이 50퍼센트만큼 증가합니다.

　-얀쿤의 움직임이 30퍼센트만큼 빨라지며, 마기 발동률이 15퍼센트만큼 증가합니다.

　가신들은 소환수들과 다르게, 유저가 직접 컨트롤해 주지 않더라도 기본적으로 자신의 고유 능력들을 알아서 사용한다.

　그렇기 때문에 가신에게는 전투 능력치가 중요하기도 했지만, 전투 AI가 그 이상으로 중요한 부분이었다.

　AI가 멍청한 답답한 가신을 운용할 때만큼 열불 터지는 일은 없었으니까.

　그런 면에서 스킬 활용이 뛰어나고 전투 센스가 있는 얀쿤은, 이안을 무척이나 흡족하게 해 주었다.

　"그래, 좋았어!"

　잠시 얀쿤을 응시한 이안의 입가에 만족스러운 웃음이 맺혔고, 다음 순간 허공에 떠오른 얀쿤이 양손으로 검 손잡이를 올려 잡아 검을 거꾸로 쥐었다.

　얀쿤은 그 자세 그대로, 바닥을 향해 대검을 내리 꽂았다.

　콰쾅-!

　-가신 '얀쿤'의 고유 능력인, '마기 분출'이 발동됩니다.

　메시지를 본 순간, 이안은 슬쩍 뒤로 빠지며 얀쿤의 고유 능력이 발동되는 것을 구경했다.

　'확실히 레벨이 어마어마하다 보니, 아직 내 소환수들 중

에 얀쿤을 이길 만한 광역 딜은 없단 말이지.'

그리고 다음 순간, 얀쿤의 대검으로 인해 생긴 대지의 균열 사이로, '마기'라는 이름의 시뻘건 기운들이 솟아나기 시작했다.

콰아앙-!

거의 빡빡이가 200미터 상공해서 낙하할 때와 비견할 수 있을 정도의 어마어마한 임팩트와 함께, 얀쿤의 대검을 중심으로 반경 20미터 안쪽에 있던 모든 적들이 일순간에 초토화되고 말았다.

"크으, 이거지!"

이안은 연이어 떠오르는 경험치 상승 메시지를 보며, 함박웃음을 지었다.

"라이, 이쪽으로 와! 저쪽에 광역 스킬 맞고 비틀거리는 녀석들 있지?"

"그렇다, 주인."

"놈들 정신 차리기 전에 할리랑 같이 전부 다 쓸어담고 와라!"

"알겠다. 맡겨만 줘라."

이안의 명령을 받은 라이가 두 눈을 날카롭게 번뜩이며 적들을 향해 달려갔고, 이안은 때마침 날아온 핀의 등에 올라탔다.

"너무 높이 올라가진 마, 핀."

꾸룩— 꾸룩—!

이안은 전장을 둘러보며 주변 상황을 한 번씩 체크했다.

사냥도 좋지만, 이런 대규모 전투에서 주변 상황 파악을 게을리하면, 언제 포위당해서 게임 아웃될지 모르기 때문이었다.

대규모 전투일수록 좋은 위치 선정이 전투 결과에 가장 지대한 영향을 미치는 법이었다.

'어우, 그런데 진짜 몬스터 많긴 하다. 중부 대륙에서 카이몬 제국 놈들이랑 전쟁했던 때 이후로 이렇게 많은 적을 한 맵에서 상대하는 건 처음인 것 같은데.'

그런데 그때, 전장을 내려다보던 이안은 굳게 닫혀 있던 성문이 열리는 것을 발견했다.

"음…… 뭐지? 지금 열리면 마수들이 전부 안쪽으로 쏟아져 들어갈 텐데?"

하지만 그런 이안의 염려는, 다음 순간 완전히 사라질 수밖에 없었다.

끼이익— 쿵—!

거대한 성문의 안쪽에서 엄청난 존재감을 내뿜는 괴물 한 마리가 나타났기 때문이었다.

쿵— 쿵— 쿵—.

한 발짝 한 발짝 움직일 때마다 발소리가 지축을 흔들 정도로 묵직하게 울려 퍼졌다.

놈은 성문에서 뛰쳐 나오자마자 거대한 뿔을 흔들며 파괴마들을 짓밟기 시작했고, 녀석의 정보를 확인한 이안은 두 눈을 커다랗게 떴다.

'전설 등급의 마수라니!'

마계에 입성한 뒤 단 한 번도 보지 못했었던 전설 등급의 마수였다.

전장에 등장하자마자 미칠 듯한 존재감을 내뿜으며 적들을 학살하기 시작한 이 녀석의 이름은 바로…….

-'발록'/분류 : 마수/레벨 : 325/등급 : 전설

마계의 폭군이라고 불리는 전설의 마수인, '발록'이었다.

마계에 존재하는 마수의 종류는 셀 수 없을 정도로 많다.

마계가 오픈된 지 얼마 되지 않은 이 시점에서, 지금까지 알려진 마수의 종류만 세어도 거의 백 가지가 넘는 수준.

게다가 개발사인 LB사 측은 아직 알려지지 않은 마수의 종류가 훨씬 많다고 공식적인 입장을 밝히기 까지 했다.

그런데 LB사 측에서 마수들의 정보에 관해 밝힌 내용 중 흥미로운 사실이 하나 있었다.

그것은 바로 '전설' 등급의 마수에 관한 정보.

모든 등급의 마수들 중 '전설' 등급의 마수만이 정확히 열

다섯 종류가 존재한다고 명시된 것이었다.

여기에 대해 유저들은 무척이나 의견이 분분했다.

특히, 장차 마계에의 듀얼 클래스를 얻을 것을 꿈꾸는 소환술사 꿈나무들의 관심은 정말 지대했다.

─크으, 전설 등급 마수는 얼마나 강력할까요? 하급 마수들도 이 정도로 강한데.

─윗분, 하급 마수들이 강한 건 그냥 레벨이 높아서 그런 거죠.

─노노, 레벨 감안하더라도, 확실히 인간계에 있는 일반 등급의 몬스터들보다는 하급 마수가 강력하다고 하더라고요.

─아하, 정말 그런가요?

─그런데 전설 등급의 마수 15종 중에 지금까지 알려진 종이 하나라도 있나요?

─네, 딱 하나 있죠 아마?

─오, 그 종이 뭔가요? 대체 어디서 등장했죠? 전 아직 상급 마수와 관련된 자료가 게시판에 올라오는 것조차 본 적이 없는데 말이죠.

─네, 그거야 당연하죠. 아직 상급 이상의 마수도 등장한 적이 없으니까요.

─그럼 전설이 등장했다는 말은 무슨 말이죠?

─처음 마계 업데이트될 때 영상 기억 안 나세요?

─영상요? 분명 보긴 했는데 기억이…….

─크, 그 간지나는 영상을 어떻게 기억하지 못하실 수가 있죠? 그러고

도 소환술사라고 하실 수 있음?

　—아, 뭔데요 그냥 말해 줘요.

　—발록. 발록 기억 안 나세요? 영상에서 진짜 엄청나게 포스 있게 등장하는데.

　—맞아요. 저도 지금 아주 생생히 기억합니다. 왜냐면 그때, 보자마자 발록에게 반해 버렸거든요.

　—후후, 맞아요. 충분히 반할 만하죠.

　—네. 그때 그 성문을 뛰쳐나와서 다른 마수들을 도륙하던 그 광경이란, 캬……!

　—맞아요. 진짜 박력 장난 아니었죠. 대미지도 무슨 수십만 씩 띄우던데.

　아직 마계 진입에 성공한 유저조차 얼마 되지 않는 소환술사 유저들은, 마계에 대한 꿈을 무럭무럭 키우고 있었다.

　그들은 마계 게시판에 올라온 마수들의 정보를 보며 나중에 어떤 마수를 테이밍하면 좋을지 열심히 토론했다.

　그러던 그때, 한 유저가 의문점을 하나 발견했다.

　—어? 그런데 님들, 생각해 보니 그 발록 나오던 장면 좀 이상하지 않았나요?

　—왜요? 뭐가 이상함? 멋지기만 하던데?

　—아니, 그게 아니고 발록이 막 다른 마족들이랑 싸우고 있었잖아요. 인간이나 다른 종족이랑 싸우는 게 아니고 마족끼리 싸웠던 걸로 기억

해요.

　—오, 그러고 보니……!

　—맞아요. 제가 그 장면 확실히 기억함. 엄청 기괴하게 생긴 핏빛 성벽 앞에서 발록이 하급 마수들을 학살하던 장면이었어요.

　그리고 그 핏빛 성벽이 바로, 지금 이안의 눈앞에 있는 '악마의 성'이었다.

　쿵— 쿵— 쾅앙—!

　온몸을 두르고 있는, 타는 듯이 붉은 털.

　거칠게 자라난 뿔마저 검붉은 빛으로 빛나는 거대한 괴수가 전장을 휘젓고 다니기 시작했다.

　괴수가 거대한 주먹을 휘두를 때마다 하급 마수가 하나씩 바닥에 나뒹굴었으며, 그 공격 한 번 한 번이 이루어질 때마다 주변에 있던 모든 마수들이 겁화劫火 속으로 빨려 들어갔다.

　마계를 통틀어 단 열다섯 종 밖에 없는 전설 등급의 마수인 발록의 위용은 그야말로 어마어마했다.

　'무슨 딜이 30만씩 뜨는 거야? 게다가 스플레쉬 대미지도 십몇만이 넘게 들어가잖아?'

　어지간한 성인 남성은 가볍게 한 손으로 움켜쥘 수 있을 만큼 거대한 손을 가진 발록.

그리고 그 손을 휘두를 때마다 지옥으로부터 빨려 나온 지옥불의 파편들이 어지러이 그 주변을 수놓고 있었다.

콰앙- 콩-!

발록이 전투하는 데 있어서 기교 같은 건 없었다.

아니, 기교 자체가 필요하지 않았다.

발록의 전투 방식은 단지 보이는 모든 것들을 전부 때려 부수고, 파괴하는 것이었다.

이안은 그 위압감에 압도당하고 말았다.

'레벨은 분명 얀쿤보다 낮은데 전투력은 얀쿤을 훨씬 상회하는 느낌이잖아? 이게 바로 태생 등급의 차이인 건가?'

얀쿤은 강력했다.

현재 이안의 일행 중에 가장 강력한 전력이 바로 그였으니까.

하지만 언제까지나 그렇지는 않을 것이었다.

'레벨당 스텟 성장 수치를 계산해 보면 얀쿤은 카이자르에게도 머지않아 따라잡힐 정도의 능력치를 가지고 있었어.'

현재 얀쿤의 레벨은 362. 반면에 카이자르의 레벨은 295였다.

레벨이 70계단이나 차이나지만, 둘의 전투 능력의 차이는 고작 10퍼센트 정도.

능력치를 합산해 봤을 때, 얀쿤은 카이자르의 전투 능력의

110퍼센트 정도를 가지고 있는 수준이었던 것이다.

이 정도는 카이자르가 320레벨 정도만 되더라도 충분히 따라잡을 수 있는 수준이었다.

이안은 이 이유를, 둘이 가지고 있는 태생적인 등급의 차이에서 찾았다.

'카이자르는 태생 자체가 전설 등급이야. 반면에 얀쿤은 영웅 등급의 가신이지.'

그리고 그 등급 하나의 차이가 둘의 능력치 성장 속도에 차이를 만든 것이 분명하다고, 이안은 생각했다.

'그런 의미에서……'

이안의 시선이 슬쩍 발록을 향했다.

'저 녀석도 카이자르만큼, 아니, 카이자르 이상의 포텐이 있다는 건데……'

이안이 저도 모르게 입맛을 다셨다.

'가지고 싶다!'

물론 이안은 이미 전설 등급의 소환수들을 많이 보유하고 있었다.

카르세우스와 핀, 그리고 라이에 빡빡이까지.

이 소환수들은 분명 발록과 비교해도 전혀 꿀릴 것 없는 뛰어난 포텐을 가지고 있었지만, 이안은 발록이 너무 탐이 날 수 밖에 없었다. 잠재력이 문제가 아니라, 당장의 전투력을 봤을 때, 발록이 압도적으로 강할 수밖에 없었기 때문이었다.

'으, 레벨 차이가 진짜 크기는 커.'

이안의 다른 소환수들은 아직 190레벨 언저리에 불과했는데, 그에 반해 발록의 레벨은 300도 넘었으니, 전투력 차이가 나지 않는다면 오히려 그게 더 이상한 일일 것이었다.

'크으, 진짜 300레벨 넘는 전설 등급 소환수 하나 생기면, 전력이 최소 한 배 반은 강해지겠지?'

전설등급의 소환수를 하나 보강하는 것은 가신을 얻는 것과는 또 다른 의미였다.

가신들은 완벽히 각자의 AI로 전투하는 반면, 소환수들은 이안의 컨트롤에 의해 움직이기 때문이었다.

그렇기 때문에 이안은 가신보다 소환수에게 더 큰 메리트를 느꼈다.

발록같이 강력한 마수가 100퍼센트 이안의 뜻대로 움직여 준다면, 정말 전투를 편하게 할 수 있을 것 같았다.

'어디서 잡을 방법 없으려나?'

그렇게 이안이 입맛을 다시며 발록을 구경하고 있을 때, 한 차례 신나게 적들을 쓸어 담던 얀쿤이 그의 옆으로 다가왔다.

"이안, 그대는 발록을 처음 보는군."

이안이 고개를 천천히 끄덕이며 대답했다.

"응, 실제로 보는 건 처음이지. 확실히 엄청난 전투력이네."

이안의 말에, 얀쿤이 씨익 웃으며 대답했다.

"발록은 그야말로 폭군이지. 어지간한 노블레스 마족이라도 함부로 상대할 수 없는 존재니까."

이안이 발록의 모습을 유심히 살피며, 얀쿤에게 궁금한 점을 물어보았다.

"그런데 악마의 성 안에서, 어떻게 갑자기 발록이란 녀석이 튀어나온 거지? 발록은 일반 마수들과 달라?"

이안의 질문을 제대로 이해하지 못한 얀쿤이 고개를 갸웃하며 되물었다.

"그게 무슨 말인가, 주군?"

"그러니까, 마수들은 원래 마계 곳곳에 서식하는 자유로운 존재들이잖아. 그런데 마족들의 성안에서 튀어나오니까 어찌 된 건지 궁금해서 그러지."

얀쿤이 입 꼬리를 슬쩍 말아 올렸다.

"역시 주군도 발록이 탐나는 거군."

이안이 어깨를 으쓱해 보였다.

"부정하지 않겠어. 저 위용을 보고 탐이 나지 않는 게 더 이상한 거 아닐까?"

얀쿤이 고개를 끄덕였다.

"맞다. 거의 모든 '소환마'들의 꿈이, 바로 발록을 테이밍하는 것이지."

그리고 발록을 한번 더 응시한 얀쿤이 설명을 이어 갔다.

"결론부터 말하자면, 발록은 분명히 테이밍할 수 있는 존재야."

"그래?"

얀쿤이 웃으며 손가락으로 발록을 가리켰다.

"바로 그 증거가 저기 있잖아?"

"으음?"

이안은 얀쿤의 손이 가리키는 방향을 자세히 보았다.

그의 손가락은 발록을 가리키고 있는 듯했지만, 자세히 보니 발록의 뒤쪽에 둥둥 떠 있는 누군가를 가리키고 있었다.

얀쿤의 입이 다시 천천히 열렸다.

"저분이 바로, 지금 우리의 눈앞에 있는 괴물 같은 발록의 주인이시지."

이안이 눈을 크게 떴다.

허공에 둥둥 떠 있는 시커먼 그림자의 실루엣이 예사롭지 않았기 때문이었다.

"저 마족은 누구지?"

얀쿤이 짧게 대답했다.

"주군이 여기까지 오게 된 이유."

"음……!"

이안의 시선이 다시 검은 그림자에게로 향했다.

그리고 그림자는 점점 이안의 일행을 향해 다가오고 있었다.

'내가 여기까지 오게 된 이유라면…….'

거리가 점점 가까워지자, 이안은 상대의 모습을 자세히 확인할 수 있었다.

어두운 회백색의 망토에 불그스름한 철제 갑주와 은빛 머리장식을 착용한 남자.

"저 마족이 바로, 악마의 성의 주인……?"

얀쿤이 고개를 천천히 끄덕였다.

"그렇다. 저분이 바로, 마계 서열 7위이신 마왕 '레카르도'님 이시지."

이안은 그제야 모든 정황이 이해되기 시작했다.

'그러니까 저 발록이 마왕이 테이밍한 마수라는 이야기인 거지?'

이안은 발록과 마왕을 번갈아 가며 한 번씩 응시했다.

그리고 기분이 살짝 상기되는 것을 느꼈다.

'그렇다면, 마왕 레카르도의 클래스가 소환마라는 말이겠지?'

이안과 레카르도의 두 눈이 허공에서 맞부딪쳤다.

'어쩐지 저 마왕이라는 녀석한테 빼먹을 수 있을 건덕지가 엄청나게 많아 보이는데 말이야.'

기분이 좋아진 이안은 싱글싱글 웃기 시작했고, 그 사이 마왕 레카르도가 이안의 바로 앞까지 다가왔다.

가까이서 보니, 레카르도는 무척이나 미남형인 외모를 가지고 있었다.

그는 결코 얀쿤처럼 우락부락하게 생기지 않았으며, 굳이 비유하자면 뱀파이어를 연상케 하는 살벌하고 창백한 외모였다.

이안의 앞에 선 레카르도가 느릿느릿한 어조로 입을 열었다.

"오랜만에 보는 반마半魔로군."

굵직하지는 않지만 좌중을 압도하는 위압감이 느껴지는 무게 있는 목소리에, 이안은 마른침을 살짝 삼키며 대답했다.

"그렇습니다. 마왕 레카르도 님이십니까?"

이안의 물음에 레카르도가 천천히 고개를 끄덕이며 대답했다. ㅋ

"그렇다. 나를 알고 있군."

이안이 말을 이어 갔다.

"세라핌 님께서 보내서 왔습니다."

이안의 말에, 냉막하기만 하던 레카르도의 얼굴에 처음으로 표정변화가 생겼다.

"으음, 세라핌이? 그가 무슨 일로?"

이안이 침착하게 대답했다.

"'파괴마'와 관련된 내용입니다. 세라핌 님께서 전달해 주신 서신이 있으니 그걸 받아 보시면……."

"'파괴마'라니?"

역시나 레카르도는 '파괴마'라는 말에 곧바로 반응했다.

하지만 이안이 인벤토리에서 서신을 꺼내려고 하자, 그는 한쪽 손을 들어 이안을 저지하며 다시 입을 열었다.

"잠깐."

"……?"

"일단 이쪽으로 몰려들고 있는 잔챙이들부터 싹 다 정리한 뒤에, 이야기를 마저 하도록 하지. 여기서 그렇게 중요한 이야기를 할 수는 없지 않은가?"

그 말에 이안이 멋쩍은 표정이 되었다.

"아, 그것도 그렇군요."

그리고 레카르도가 시선을 슬쩍 돌려 아직까지도 미친 듯이 날뛰고 있는 발록을 응시하며 말을 이었다.

"저 녀석이 강력하기는 하지만 혼자서 전부 상대하는 데는 무리가 있거든. 얼른 도와줘야겠어."

그 말에, 이안은 고개를 끄덕이며 조심스레 말했다.

"혹시, 제가 도울 수 있겠습니까?"

그리고 이안의 말을 들은 레카르도의 입가에 희미한 미소가 걸렸다.

"물론. 그대의 전투 능력이라면 제법 큰 도움이 되겠군."

레카르도의 말이 끝남과 동시에, 이안의 눈앞에 새로운 시스템 메시지들이 떠오르기 시작했다.

띠링—.

—마왕 '레카르도'의 친밀도가 15만큼 상승합니다.

－마왕 '레카르도'가 당신에게 파티를 신청했습니다.

－NPC와의 파티에서는 유저 파티에서 획득할 수 있는 경험치의 50 퍼센트밖에 획득할 수 없습니다.

－마왕 '레카르도'의 파티 신청을 수락하시겠습니까?

경고성 문구가 떠올랐지만, 이안은 조금의 고민도 하지 않고 곧바로 파티를 수락했다.

'아니, 이런 꿀 같은 기회를 차 버리는 멍청이도 있을까?'

이미 오래 전, 황실기사단부터 해서 강력한 NPC의 버스를 여러 번 타 본 적이 있는 이안은, 레카르도에게 절이라도 하고 싶은 심정이었다.

'이걸로 200레벨은 확정이나 다름없어!'

싱글벙글한 표정이 된 이안에게, 레카르도가 손을 내밀었다.

"내 성을 지키는 데 도움을 줘서 고맙네."

이안은 그 손을 맞잡으며 공손히 대답했다.

"당연히 도와드렸어야 하는 일입니다."

이안의 대답에 레카르도는 만족스러운 미소를 지었고, 이안을 흡족하게 하는 메시지가 한 번 더 떠올랐다.

－마왕 '레카르도'의 친밀도가 1만큼 상승합니다.

친밀도의 상승은 곧, 이안이 해당 NPC에게서 뽑아먹을 수 있는 것들이 더욱 많아짐을 의미했다.

이안은 머리를 열심히 굴리며 음모를 짜기 시작했다.

'저 마왕 녀석을 어떻게 빨아먹어야 잘 빨아먹었다고 소문이 날까?'

이안은 무려 마왕씩이나 되는 선배 소환마 NPC를 귀찮게 해 줄 준비가 되어 있었다.

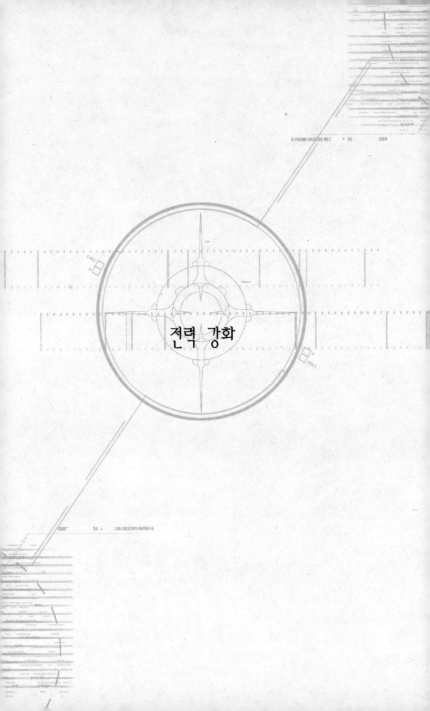

전력 강화

Taming
Master

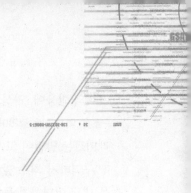

마계 89관문의 시작 지점에 있는 워프 게이트.

그곳에 도착한 레미르가 이마에 흐르는 땀을 닦으며 중얼
거렸다.

"휘유, 겨우 뚫었잖아?"

그리고 그녀의 옆에 있던 카산드라가 조금 놀란 표정으로
얘기했다.

-수고했어, 레미르. 90지역의 관문이 마법사에게 유리한 관문이기는
하지만 그것을 감안하더라도 네 능력이 뛰어남을 인정하지 않을 수 없네.

하지만 레미르는 조금도 만족스럽지 않았다.

그녀는 인상을 살짝 찌푸리며 대꾸했다.

"됐어. 그런 공치사는 사양하도록 하지."

그녀의 반응에, 카산드라가 키득거리며 웃었다.

─호홋, 역시 최초 클리어가 아닌 것이 마음에 걸리나 보군.

레미르는 말없이 고개를 끄덕였다.

'89구역마저 최초 발견 보상이 안 뜨다니…… 이안, 이 녀석은 대체 어디까지 들어간 거야?'

그녀가 80구역에 있는 악마의 성까지 가야 하는 가장 근본적인 이유는, 히든 메인 퀘스트인 '태양신의 힘'을 진행하기 위함이었다. 그러나 그 이유가 아니었더라도, 그녀는 빠르게 마계 관문들을 뚫기 위해 전력을 다했을 것이었다. 새로운 콘텐츠가 나왔을 때, 가장 먼저 한계 난이도까지 돌파하는 것이 그녀가 항상 해 왔던 일이었으니까.

하지만 이번 마계 콘텐츠에서, 거의 처음으로 자신보다 앞선 유저가 등장한 것이었다.

'중부 대륙까지만 해도 거의 대부분의 지역을 내가 가장 먼저 뚫었다고 생각했는데, 마계 콘텐츠는 내가 완벽히 졌어.'

레미르는 속으로 이를 부득부득 갈았다.

심지어 자신을 이긴 상대가 신규 클래스이자 성장 난이도가 극악인 소환술사라고 생각하니, 더욱 열불이 뻗쳤다.

"휴, 어쨌든 뚫었으니 이제 빠르게 80구역까지 가야겠지?"

카산드라가 고개를 끄덕이며 대답했다.

─당연하지. 악마의 성에 간다고 해도 '그 물건'을 바로 찾을 수 있다는 보장도 없고, 마계가 닫히기까지는 시간이 많이 남지 않았으니 말이야.

레미르는 고개를 끄덕이며 들고 있던 스태프를 치켜들었다.

"좋아, 전부 무시하고 일단 80구역으로 진입하는 걸 최우선으로 해야겠어."

그리고 그녀가 스태프를 한차례 휘두르자, 순식간에 서너 가지의 강화 버프가 레미르의 몸을 휘감으며 그녀의 몸이 허공으로 떠올랐다.

휘이잉-.

-'헤이스트' 스킬을 사용하셨습니다. 이동속도가 77.45퍼센트만큼 빨라집니다.

-'빙하의 방벽' 스킬을 사용하셨습니다. 지속 시간(00:05:49)동안, 30만 만큼의 대미지를 흡수하는 실드를 생성합니다.

-'폭발 마력장' 스킬을 사용하셨습니다. 지속 시간(00:29:59)동안 모든 일반 공격의 사정거리가 2.5미터만큼 늘어나며, 공격에 격중당한 적은 3미터만큼 피격 방향의 반대 방향으로 밀쳐집니다(밀쳐진 적은 17퍼센트의 확률로 기절 상태에 빠집니다).

무척이나 능숙하게 마법을 캐스팅한 레미르의 신형이 빠르게 앞으로 나아갔다.

그녀의 목적지는 마계 80구역에 있는 '악마의 성' 이었다.

금방 끝날 것이라고 예상했던 파괴마들의 공격은 생각보

다 오랜 시간 동안 지속되었다.

덕분에 이안의 입에는 종일 함박웃음이 걸려 있었다.

'캬! 이게 대체 웬 떡이냐. 벌써 2레벨이나 올랐잖아?'

처음 파괴마들을 처치하기 시작할 때 199레벨에 96퍼센트만큼의 경험치가 차올라 있었음을 감안하더라도, 순수하게 1레벨 이상 오른 것이니 이는 엄청난 성과였다.

'근래 들어 이렇게 경험치 게이지가 빨리 차는 건 처음인데? 심지어 거의 두 자리 수 레벨일 때의 레벨 업 속도랑 비슷하잖아?'

이것이 가능한 이유는 여러 가지의 상황이 맞물렸기 때문이었다.

기본적으로 맵 최초 발견으로 인한 두 배 경험치 버프가 있는 데다가, 거기에 히든피스의 발동으로 인해 생긴 두 배 반의 추가 버프.

마지막으로, 이런 어마어마한 버프가 걸린 상태에서 마왕 레카르도와 발록, 그리고 그의 직속 정예 마족 전사들의 활약까지 보태지니 그야말로 무지막지한 사냥 속도가 나온 것이었다.

'대충 들어오는 경험치를 계산해 보니 버프 중첩이 곱연산은 아닌 것 같네. 쩝, 아쉽다.'

이안도 이렇게 두 개 이상의 경험치 버프가 중첩되는 것은 처음이었기에, 어떤 방식으로 적용되는지 궁금했다.

처음 생각했던 것은 2x2.5, 즉 다섯 배의 경험치가 들어올 것이라고 생각했지만, 아쉽게도 그것은 아니었던 것이었다.

2+2.5로 계산되어, 총 네 배 반의 경험치가 들어오고 있었던 것이다.

'뭐, 450퍼센트도 충분히 엄청난 경험치 버프니까…… 이 정도에서 만족해 주도록 하지.'

어쨌든 그렇게 반나절이 넘는 전투가 계속되었고, 이안은 오랜만에 승차감 최상의 버스를 탈 수 있었다.

그리고 전투하는 내내, 이안은 발록의 근처에서 그의 전투를 유심히 관찰했다.

'그나저나 대체 뭘까? 대체 왜 저 녀석은 레벨에 비해 딜이 저렇게 어마어마하게 강력할 수 있는 거지?'

발록의 레벨은 325.

아무리 전설 등급이라고 하더라도 360레벨인 얀쿤보다 압도적으로 강한 것은 이해가 되지 않았다.

'스텟이 죄다 공격력에 몰려있는 녀석인가? 그렇다기에는 몸빵이나 순발력도 나쁘지 않아 보이는데.'

이안은 궁금한 게 생기면 참지 못하는 성격이었기에, 계속해서 지켜보고 있었던 것이었다.

'있다가 퀘스트 진행될 때, 레카르도에게 물어봐야겠어.'

호기심 많은 소환술사 이안은 레카르도에게 하고 싶은 질문 목록을 꼼꼼하게 머릿속에 정리하고 있었다.

이안의 거부로 인해 훈이가 진행하던 마계의 길드 히든 퀘스트는 잠정 중단되고 말았다.

　게다가 무려 세 배 반이나 중요한 퀘스트를 진행 중이라는 이안의 말 때문에 훈이는 무척이나 배가 아팠다.

　"쳇, 체쳇! 치사한 형놈 같으니라고!"

　그의 투정에, 카노엘이 피식 웃으며 한마디했다.

　"형이 뭐 바쁜 일이 있나 보지, 훈아. 너무 섭섭해할 것 없어."

　카노엘의 말에, 훈이가 인상을 팍 썼다.

　"우우, 그 치사한 형 내가 다음부터 도와주나 봐라."

　"네가 이안 형을 뭘 도와줬는데?"

　"중부 대륙에 있었던 시절부터, 내가 이안 형 따라다니면서 퀘스트도 얼마나 많이 도와줬는데! 히든 퀘스트도 계속 공유해 주고 말이야, 어?"

　하지만 카노엘은 고개를 절레절레 저었다.

　"훈아, 솔직해지자."

　"……!"

　"솔직히 이안 형보다, 네가 이안 형 따라다녀서 얻은 게 더 많잖아. 거기 계속 안 붙어 있었으면, 지금 네가 이렇게 압도적인 흑마법사 1위 레벨이 될 수 있었겠어?"

현재 훈이의 레벨은 195정도였다.

랭킹 목록에 등록되어 있는 흑마법사 1위의 레벨이 190 정도인 것을 생각하면, 정말 압도적인 레벨 차이였다.

190레벨대에서 5레벨이 차이난다는 것은, 정말 어마어마한 경험치 차이이기 때문이었다.

할 말이 없어진 훈이가, 말을 더듬었다.

"그, 그래도오!"

카노엘의 논리적인 말이 이어졌다.

"게다가 너 퀘스트 공유는 어쩔 수 없이 한 거였잖아. 자동 공유면서 인심 쓴 척하기는."

"히잉……."

어쨌든 억울한 훈이는 힘이 빠져 어깨가 축 늘어진 채로 터덜터덜 걸었다.

그런 그를 보며 카노엘이 위로의 말을 건네었다.

"사실 몬스터 웨이브 열리면, 그 퀘스트 보상도 큰 의미없어지는 거였잖아. 너무 아쉬워하지 말자. 덕분에 시간 절약해서 악마의 순혈 퀘스트도 할 수 있었고!"

훈이가 고개를 주억거리며 대답했다.

"음, 그건 그래."

두 사람은 퀘스트를 포기하고 분노의 도시에 들어가자마자 악마의 순혈부터 획득했고, 반마가 되는 데 성공했기 때문이었다.

가까스로 우울함을 이겨 낸 훈이가, 카노엘을 향해 다시 입을 열었다.

"그럼, 형. 우리 일단 각자 듀얼 클래스나 전직하고 다시 만나자. 둘 다 받아 놓은 퀘스트 있잖아."

그 말에 카노엘이 고개를 끄덕이며 대답했다.

"응, 그게 좋겠지. 아무래도 시간이 얼마 남지 않았으니까 둘이 같이 다니면서 서로 퀘스트 도와줬다가는, 마계가 닫히기 전에 듀얼 클래스 획득이 힘들 수도 있을 것 같아."

어쨌든 앞으로의 진로를 정한 두 사람은, 분노의 도시에서 각자의 직업 길드 건물을 향해 걸음을 옮겼다.

카노엘과 헤어진 훈이는 흑마법사 직업이 가질 수 있는 듀얼 클래스인 '죽음의 마령사'를 얻기 위해 분노의 도시 동쪽으로 걸음을 옮겼다.

"마계 닫히기 전에 듀얼 클래스는 어떻게든 얻고 말겠어!"

카노엘과 헤어지고 나니 가라앉았던 이안에 대한 분노가 다시 솟아오르는 것 같았다.

"젠장, 그 얄미운 형놈은 벌써 듀얼 클래스 얻고 마계 어딘가에서 날아다니고 있겠지? 마계 오픈 3분 만에 입성한 미친 형이니까, 지금쯤 한 80구역까지 가 있을지도 몰라."

무서울 정도로 예리한 훈이의 직감이었다.

그런데 그때, 씩씩거리며 걷고 있던 훈이의 옆으로 어두운 그림자 하나가 다가왔다.

띠링-.

-'마족의 태동 Ⅲ (히든)(연계)'퀘스트의 숨겨진 임무를 성공적으로 완수하셨습니다.

-클리어 등급 : SS

-명성을 20만 만큼 획득합니다.

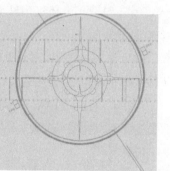

악마의 성 전투 현황
획득 포인트 : 19,784K 점
획득 경험치 : 15,3751K (x250퍼센트)
*현재까지 처치한 파괴마
하급 마족 : 358/하급 마수 : 399
평마족 : 132/ 중급 마수 : 107
상급 마족 : 12/ 상급 마수 : 25
노블레스 : 0/ 최상급 마수 : 0

-레벨이 올랐습니다. 202레벨이 되었습니다.

히든피스를 훌륭히 소화해 낸 이안은, 눈앞에 떠올라 있는 보상 창을 보며 흡족한 미소를 지었다.

"캬, 이런 무지막지한 경험치 숫자는 처음 보네."

이안의 시선은 결과 창에 떠올라 있는 획득 경험치 부분에 머물러 있었다.

"드디어 이 게임에서도 숫자가 K로 변환되는 걸 보는 건가.”

일반적으로 K는 천 단위의 숫자를 편리하게 표기하기 위해 사용되는 단위이다.

kilo(킬로)라고 읽고, 10의 3승을 의미하는 이 단위는, 보통 게임에서 수치가 너무 커질 때 단위를 줄이기 위해 사용하는 표기법인데, 이안이 획득한 경험치가 너무 막대하다 보니 K라는 단위가 등장한 것이었다.

“어디 보자…… 153,751K면, 1억5천 정도 경험치를 먹은 거네. 크으으!”

수학 점수는 낙제 수준이었지만, 이런 부분에 있어서 머리 돌아가는 속도만큼은 수준급인 이안이었다.

그런데 이안이 획득한 보상을 보며 기뻐하던 그때, 생각지 못했던 시스템 메시지들이 추가로 이안의 눈앞에 떠올랐다.

띠링—!

-‘이안’ 님께서 ‘마족의 태동 Ⅲ (히든)(연계)’퀘스트의 숨겨진 임무 완수로 얻은 퀘스트 포인트는 총 19,784K입니다.

-포인트는, ‘특수 능력’, 혹은 ‘아이템’으로 교환할 수 있습니다.

-포인트는 ‘마기’, ‘마기 발동률’, ‘항마력’ 등의 능력치로 교환할 수 있으며, 교환 비율은 능력치마다 다르게 적용됩니다.

-포인트는 ‘마정석 상자’, ‘마계 무기 상자’, ‘마계 방어구 상자’, ‘마계 장신구 상자’ 등으로 교환할 수 있으며, 아이템별로 소모되는 포인트가 다르게 적용됩니다.

이안은 벙찐 표정이 되어 메시지들을 차분히 읽어 내려가기 시작했다.

파이로 영지의 영주 집무실.

집무실 안에는 하린과 피올란이 맛있는 브런치를 즐기며 수다를 떨고 있었다.

파이로 영지 치안대의 오후 전투 시작 시각은 낮 12시 정도였기 때문에, 두 사람은 항상 10시 30분쯤 영주 집무실에서 만나 아침 겸 점심을 먹는 것이 일상이 되어 있었다.

"언니, 오늘 만든 '푸아그라'는 좀 어때요? 처음 해 보는 거라서 좀 불안하긴 한데…… 아까 한 조각 먹어 보니까 맛이 나쁘진 않은 것 같더라고요."

푸아그라는 원래 담백한 거위의 간을 조리해서 만든 프랑스의 고급 요리다.

거위의 간은 현실에서 먹으려면 1킬로그램당 50~100만원에 육박하는 가격을 지불하고 사야 하는 무척이나 비싼 식재료다.

하지만 카일란에서 거위의 간은 무척이나 저렴했다.

1레벨부터 20레벨 수준의 능력치를 가지고 시작한 이안은 패스했지만, 일반적인 유저들이라면 거쳐 가야만 하는 '초심

자의 사냥터'.

그곳에 등장하는 '거대 거위'들이 낮은 확률로 드롭하는 식재료이기 때문이다.

확률은 높지 않았지만 워낙 많은 초보들이 거위를 사냥했기 때문에 물량은 넘쳐났고, 덕분에 싸구려 음식이 될 수 있었다.

윤기가 좌르르 흐르는 푸아그라를 한 입 베어 물은 피올란의 두 눈이 휘둥그레졌다.

"와! 완전 맛있어!"

피올란은 어지간히 맛있었는지 발을 동동 구르며 어쩔 줄 몰라 했고, 그녀의 격한 반응에 감동한 하린이 손뼉을 치며 덩달아 좋아했다.

"그쵸, 맛있죠?"

"그래, 맛있다니까? 하린이 요리 실력이 진짜 날로 일취월 장하네?"

"그거 저 기분 좋으라고 하는 빈말은 아닌 거죠?"

피올란은 포크로 한 덩이를 더 잘라 먹으며 격하게 고개를 끄덕였다.

"그렇다니까? 너도 먹어 봤으면 알 거 아니야. 오늘따라 왜 이렇게 자신감이 없니?"

그 말에 하린이 풀 죽은 목소리로 대답했다.

"아니…… 카윈이 녀석이 그냥 분식집에서 먹는 순대 간

같다고……."

피올란이 어이없다는 표정으로 대꾸했다.

"대체 어느 분식집 순대에서 이런 맛이 나는 간을 끼워 주는 건데? 나도 좀 알려 달라고 하자."

"그러니까요, 제 말이!"

어쨌든 피올란으로 인해 자신감을 다시 얻은 하린이, 속으로 중얼거렸다.

'확실히 맛이 괜찮다는 말이지? 이따가 오후에는 식재료를 사다가 현실에서 직접 요리해 봐야겠어. 오늘은 진성이도 8시에 정확히 저녁 먹을 거라고 했으니까…….'

요즘 하린의 가장 큰 재미 중 하나가 현실에서 고급 식재료를 구입해 마음껏 요리하는 것이었다.

파이로 영지에서 그녀가 운영하는 식당이 장사가 무척이나 잘 되었기 때문에, 그녀는 제법 쏠쏠한 수익을 올리고 있었다.

때문에 비싼 식재료도 크게 부담이 되지 않았다.

진성이와 함께 고급스러운 저녁식사를 할 생각에 들뜬 하린은 콧노래를 흥얼거리며 자신의 몫으로 올려 있는 푸아그라를 먹기 시작했다.

그런데 그때, 두 사람의 뒤쪽에서 문 열리는 소리가 들려왔다.

끼익-.

그에 두 사람의 고개가 자동으로 그쪽으로 돌아갔다.

"무슨 소리죠, 언니? 누구 오기로 한 사람 있어요?"

하린의 물음에, 피올란이 고개를 저었다.

"아니, 글쎄? 카원이도 12시에 맞춰서 접속한다고 했고. 올 사람이 없을 텐데?"

그리고 두 사람의 시선이 머물러 있는 코너에서, 한 여인 이 등장했다.

"저기…… 안녕……하세요."

하린과 피올란은 둘 다 벙찐 표정이 될 수밖에 없었다.

그녀는 두 사람이 완전히 처음 보는 사람이었기 때문이 었다.

피올란이 떨떠름한 표정으로 물었다.

"네, 안녕하세요. 그런데 여기는 어떻게 오신 거죠?"

그에 의문의 여인이 멋쩍은 표정을 지어 보이며 대답했다.

"파이로 영지의 영주이신 피올란 님 맞으신가요?"

피올란이 선선히 고개를 끄덕이며 대답했다.

"그런데요?"

그리고 그녀의 다음 말에, 하린과 피올란은 더욱 놀랄 수 밖에 없었다.

"아, 제가 제대로 찾아왔군요. 영주성이 하도 넓어서 길을 좀 헤맨 것 같네요. 반가워요, 저는 레비아라고 해요."

그녀는 바로, 지금껏 베일에 싸여 있던 사제 클래스의 공식 랭킹 1위 유저인 '레비아'였던 것이다.

"마기는 1만 포인트당 3씩 오르고, 마기 발동률은 100만 포인트 당 0.1퍼센트씩 오른다라⋯⋯."

이안이 퀘스트가 끝나고 얻은 포인트는 19,784K, 즉 1,980만 정도였다.

이 포인트들로 교환할 수 있는 것은 각종 능력치뿐만 아니라 아이템들도 있었지만, 이안은 결국 능력치를 올리기로 했다.

'정확히 어떤 아이템을 주는지도 나와 있지 않은 랜덤 상자를 고르는 것은 좋은 선택이 아니야.'

이안은 게임 플레이 중에 자신의 예측 범위 밖의 일이 벌어지는 것을 별로 좋아하지 않았다.

마음을 확실히 정한 이안은 시스템 창을 자세히 들여다보았다.

그리고 그 수치로 얻을 수 있는 능력치들은 각각 이러했다.

마계 능력치
마기 : 마기 3:10,000P
마기 발동률 : 발동률 0.1퍼센트:1,000,000P

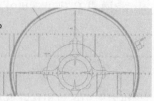

항마력 : 항마력 0.1퍼센트:2,500,000P
일반 능력치
전투 능력치 : All Status 1:400,000P
직업 능력치 : All Status 1:800,000P

그리고 물론 이안은, 그 효율을 하나씩 비교하기 시작했다.

'음…… 일단 포인트를 전부 다 몰빵해 버린다 치면, 마기는 6천 정도, 마기 발동률은 2퍼센트 정도, 항마력은 1퍼센트 정도 올릴 수 있는 건가?'

밑에 있는 일반 능력치의 효율도 나쁘지는 않았지만, 그래도 이안은 마계 능력치 위주로 올려 줄 생각이었다.

'일반 능력치는 마계가 아니더라도 얼마든지 올릴 방법이 있으니까.'

이안은 지금 가장 필요한 스텟이 어떤 부분인지를 열심히 고민했다.

'세 스텟 중에 뭐에 투자해도 결코 후회하지는 않을 것 같지만, 지금 내게 가장 필요한 건……!'

이안은 결국 모든 포인트를 투자해 '마기' 능력치를 올리기로 결정했다.

"포인트를 전부 사용해 '마기' 능력치를 올린다."

그러자 시스템 메시지가 울려 퍼졌다.

─유저 '이안' 님께서 보유하고 계신 포인트는 총 19,784K입니다. 모

든 포인트를 사용하시면, 총 5,934만큼의 마기를 얻으실 수 있으며,
4,288만큼의 포인트가 남습니다.

　─진행하시겠습니까? (Y/N)

　이안은 망설임 없이 고개를 끄덕였다.

　"오케이!"

　─포인트를 교환합니다.

　─'마기' 능력치가 5,934만큼 증가해, '22,764'가 되었습니다.

　메시지를 본 이안은 흡족한 표정을 지어 보였다.

　'내가 한 3천 마기 정도를 모으는 데 최소 몇 주일은 걸렸
었는데 말이지.'

　그것을 생각하면 반나절 만에 얻은 6천이라는 마기량은
정말 어마어마한 것이었다.

　'마기 발동률이나 항마력도 탐이 나기는 하지만, 일단 노
블레스로 승급하기 위한 마기량을 채우는 게 먼저니까.'

　이안이 마기를 최종적으로 선택한 가장 큰 이유는 바로 여
기에 있었다.

　이미 반마로서 진급하기 어려운 등급인 '상급 마족'의 등급
인 이안이었지만, 그 다음 단계인 '노블레스' 등급이 무척이
나 탐이 났기 때문이었다.

　노블레스 등급의 마족이 전투하는 것을 제대로 본 적이 없
어서 그 강력함을 정확히 알 수는 없었지만, 등급별로 차이
나는 마족의 전투력을 보면 노블레스가 정말 어마어마할 것

이라는 정도는 추측할 수 있었다.

어쨌든, 이안이 모든 포인트 소모를 마무리한 뒤 전투 결과 창을 종료하자 자연스레 퀘스트가 이어졌다.

띠링-.

-숨겨진 임무를 모두 클리어하셨습니다.

-명성이 추가로 10만 만큼 증가합니다.

그리고 멀찍이서 전장을 정리하고 있던 마왕, '레카르도'가 이안에게 다가왔다.

"이안……이라고 했나?"

레카르도의 물음에 이안이 고개를 살짝 숙여 보이며 대답했다.

"그렇습니다, 레카르도 님."

레카르도는 이안을 한번 훑어보더니 다시 말을 이었다.

"반마에, 상급 마족. 게다가 마계 클래스로 '소환마'를 택한 인간을 여기서 만나게 될 줄이야."

레카르도는 흥미로운 표정으로 이안을 응시하며 계속해서 말했다.

"그런데 이안, 자네는 소환마이면서 왜 아직 마수를 다루지 않는 거지?"

그에 이안이 멋쩍은 표정으로 대답했다.

"아직은 소환수들을 다루는 게 더 익숙해서 그렇습니다. 곧 마음이 맞는 마수를 테이밍하게 된다면, 한번 다뤄 볼 생각입니다."

이안의 말에, 레카르도가 피식 웃으며 답했다.

"좋군. 좋은 생각이야. 무작정 높은 등급의 마수를 많이 다룬다고 해서 뛰어난 소환마가 될 수는 없지."

레카르도는 이안이 마음에 드는 눈치였다.

"나는 힘을 숭상하는 마족이며, 그들을 통치하는 제왕이다."

레카르도와 이안의 눈이 마주쳤다.

"그대가 나와 같은 길을 걷고 있는 '소환마'여서이기도 하지만, 무엇보다 나는 그대의 강함이 마음에 드는군."

그에 이안이 의이한 표정으로 되물었다.

"저는 그다지 강하지 않습니다. 오히려 레카르도 님의 휘하에 있는 마족들이 저보다 훨씬 강하지 않습니까?"

이안의 의문은 당연했다.

방금 전투에 참여했던 레카르도의 부하들만 해도, 상급 마족 이상인 괴물처럼 강력한 마족들이 여럿 있었기 때문이다.

이안의 물음에, 레카르도가 고개를 저으며 대답했다.

"그런 1차원적인 강함을 의미하는 게 아니야. 나는 그대의 잠재력을 이야기하고 있는 것이지."

"음……."

무슨 말을 해야 할지 몰라 잠시 머뭇거리던 이안은 결국 퀘스트를 진행하기 전에, 궁금했던 부분을 먼저 묻기로 결정했다.

'일단 나에 대한 호감도는 제법 괜찮은 것 같으니까 질문 정도는 몇 개 들어 주겠지.'

이안의 입이 열렸다.

"그런데 레카르도 님, 제가 궁금한 게 있는데 조금 여쭤 봐도 되겠습니까?"

시종일관 창백하고 무표정했던 레카르도의 입가에 아주 옅은 웃음이 살짝 맺혔다.

"좋아, 뭐가 궁금한 거지?"

이안이 곧바로 대답했다.

그리고 그것은 어찌 보면 좀 뜬금없는 질문이었다.

"레카르도 님의 발록은 어떻게 그렇게 강력한 겁니까?"

"음?"

당연히 레카르도는 당황한 표정이 되었고, 이안의 말이 계속 이어졌다.

"제가 방금 전투 중에 계속 발록이 싸우는 모습을 지켜보았는데 이해가 안 되는 부분들이 조금 보였습니다."

"어떤 부분이 그렇지?"

이안이 대답했다.

"발록은 전설 등급의 마수입니다. 그리고 발록이 기본적으로 가지고 있는 능력치들을 보면, 다른 일반적인 전설 등급의 소환수나 마수들과 비슷한 수준의 능력치를 가지고 있었습니다."

발록은 이안의 마수가 아니었기 때문에 세부 능력치까지 확인할 수는 없었다.

하지만 모든 버프가 적용된 뒤 겉으로 드러나 있는 공격력 수치는 간단한 정보 창을 여는 것으로 확인이 가능했기에 이안이 미리 봐 두었던 것이다.

게다가 마계에 오기 전 이리엘에게서 받은 마수 도감에 '발록'에 대한 단편적이 정보들이 쓰여 있었고, 그것이 이안이 발록에게 의문점을 갖게 된 가장 결정적인 계기가 되었다.

평소에 이안이 소환수나 마수들에 대해 연구하고 분석하는 취미가 없었더라면, 결코 이런 의문 따위는 가지지도 않았으리라.

이안이 마왕의 뒤편에 가만히 서 있는 발록을 힐끗 보며 다시 입을 열었다.

"그런데 레카르도 님의 발록은, 가지고 있는 능력치에 비해서 이상할 정도로 강한 능력을 보여 줬습니다. 저는 이 부분이 이해가 되지 않았습니다."

한편, 이안의 설명을 들은 레카르도는 좀 전과는 또 다른 표정을 하고 있었다.

조금 전에 이안을 보는 시선이 조금 흥미로운 장난감을 보는 눈빛 정도였다면, 지금은 조금 놀란 표정이랄까.

"오호, 그걸 캐치해 냈단 말이지?"

레카르도는 빙글빙글 웃으며 발록을 향해 손가락을 까딱였다.

그러자 뒤편에 서 있던 발록이 쿵쿵거리는 소리를 내며 레카르도의 옆으로 다가왔고, 그의 입꼬리가 슬쩍 말려 올라갔다.

"맞아, 이안. 자네의 말대로 발록은 전설 등급의 마수이긴 하지만, 다른 전설 등급의 마수들보다 조금 특별한 능력을 하나 가지고 있지."

이안이 귀를 쫑긋 세우고 레카르도의 말을 듣기 시작했다.

그런데 그때, 갑자기 레카르도가 한쪽 손을 슬쩍 들더니 손바닥을 쫙 펼쳐 보였다.

그러자 그의 손아귀에서 강력한 마기가 뿜어져 나왔고, 그 마기는 발록에게로 빨려 들어가며 시뻘겋게 타오르기 시작했다.

화르륵-.

그리고 두 눈을 감은 채 가만히 있던 발록이, 눈을 번쩍 뜨며 돌연 포효하기 시작했다.

크아아오오-!

그에 살짝 움찔한 이안이 발록과 레카르도를 번갈아 보았다.

그리고 이안의 시선이 레카르도의 손바닥 위에 두둥실 떠 있는 붉은 구슬에게로 고정되었다.

"이게…… 뭐죠?"

이안은 질문에 대한 답을 듣기 위해 레카르도의 입이 열리기를 기다렸다.

하지만 그에 대한 대답은 생각지 못했던 곳에서 튀어 나왔다.

"저것은…… 마령보주!"

그리고 그곳에는, 카카가 멍한 표정으로 카이자르의 어깨 위에 앉아 있었다.

마수魔數들은 기본적으로 '이지理智'라는 것을 가지고 있지 않은 생명체다.

영혼은 있되, 그것이 마기로 가득 차 버려서 결국 본능만이 남게 된 생명체들인 것이다.

하지만 이러한 마수들도, 영혼의 등급이 높아지면 마기에 잠식되어 있던 자아가 조금씩 깨어나게 된다.

그리하여 '상급' 마수들부터는 조금씩 감정이라는 것을 느끼게 되고, 최상급(영웅 등급)의 마수들은 '생각'이라는 것을 할 줄 알게 되며, 전설 등급부터는 못해도 거의 어린아이 이상의 지능을 갖게 된다.

그리고 전설 등급의 마수 중 '발록'은 같은 등급의 마수들 중에서도 가장 지능이 뛰어난 마수로 알려져 있었다.

"발록은 자신보다 약한 마수들의 심령을 다룰 수 있는 능력을 가지고 있다네."

레카르도의 설명에 이안이 되물었다.

"심령……을 다루는 능력요?"

"그렇다네. 발록이 괜히 마수들의 제왕이라고 불리는 게 아니야. 소환마를 제외하고 유일하게 마수들을 컨트롤할 수 있는 존재가, 바로 이 발록이지."

발록은 '마수들의 제왕帝王'이라는 별칭으로도 불리곤 한다.

레카르도는 그에 대한 이야기를 하고 있는 것이었다.

"그게 발록이 다른 전설 등급의 마수들보다 강력한 이유와 관련이 있나요?"

레카르도가 고개를 끄덕였다.

"물론이지."

잠시 뜸을 들인 그가 말을 이었다.

"발록이 다른 마수들의 심령을 다룰 수 있는 이유가 그에게 '마기 공유'라는 고유 능력이 있기 때문이지."

이안은 조용히 레카르도의 말을 듣고 있었고, 어느새 그의 어깨로 날아와 앉은 카카도 레카르도의 이야기에 집중하기 시작했다.

"카카, 이건 너도 모르는 지식인가 보지?"

카카가 고개를 끄덕였다.

"그렇다, 주인아. 나라고 세상의 모든 걸 전부 다 아는 건 아니니까."

둘의 짧은 대화를 들은 레카르도가 피식 웃으며 말을 이었다.

"어쨌든 설명을 계속하자면, 이 마기 공유라는 능력은 대상에게 자신의 마기를 주입시킬 수도, 대상의 마기를 빌려올 수도 있는 능력이야. 그리고 마기가 공유된 대상이 자신보다 약하다면 그를 조종할 수 있게 되지."

그리고 잠시 후, 레카르도의 손에 있던 마령보주가 허공으로 두둥실 떠올랐다.

그러자 놀랍게도 발록이 레카르도의 의지대로 조종당하기 시작했다.

"바로 이런 식으로 말이지."

이안이 의아한 표정으로 말했다.

"방금 그 능력은 발록의 능력을 설명하신 것 아니었습니까? 어떻게 마왕께서 그 능력을 사용하시는 거죠?"

이번에는 카카가 불쑥 튀어나오며 이안의 물음에 대답했다.

"그건 저 마령보주 때문이다, 주인아."

"으음?"

"저 마령보주라는 물건은 한 가지 고유 능력을 담을 수 있는 물건인데, 아마 저 물건에 발록의 고유 능력인 '마기 공유' 가 담겨 있는 모양이다."

카카의 설명에 레카르도가 입꼬리를 슬쩍 말아 올렸다.

"과연…… 전설의 종족이라는 '카르가 팬텀'이로군. 마령 보주를 알고 있는 녀석이 있을 줄은 몰랐어."

하지만 이안은 아직 궁금증이 다 풀리지 않았다.

"그래서 그 마기 공유라는 고유 능력이 정확히 발록을 어떻게 강하게 만드는 겁니까?"

레카르도의 설명이 이어졌다.

"발록은 거느리는 마수들이 많아질수록 빌려 올 수 있는 마기량이 막대해지고, 일시적으로 전투에서 그 힘을 사용할 수 있기 때문이야."

그제야 이안은 이해가 되기 시작했다.

'그러니까 저 녀석이 주변에 있던 마수들의 힘을 끌어다가 썼다는 말이네? 흐음…… 그래서 그렇게 강했던 거였군.'

하지만 레카르도의 말은 거기서 끝이 아니었다.

"게다가 내 발록이 특별히 강했던 이유는, 내가 마기 공유의 능력으로 내 마기를 발록에게 빌려 주었기 때문이었지."

"아하."

그 뒤로도 이안은 레카르도에게 몇 가지 궁금한 것들을 더 물어보았고, 레카르도는 그에 대해 제법 상세히 답해 주었다.

"감사합니다, 레카르도 님. 덕분에 큰 도움을 받을 수 있었습니다."

"별말씀을. 내 성을 지키는 데 적잖은 도움을 준 자네에게

이 정도 답변은 해 주는 게 당연하지."

대화를 마친 이안은 레카르도의 옆에 늠름한 자태를 뽐내며 서 있는 발록을 힐끔 보았다.

'아…… 가지고 싶다.'

이안의 시선이 다시 레카르도를 향했다.

"레카르도 님, 마지막으로 하나만 더 여쭤 봐도 되겠습니까?"

레카르도가 대답했다.

"뭔가?"

이안이 발록을 슬쩍 응시하며 대답했다.

"발록은 어떻게 하면 얻을 수 있는 마수입니까?"

그 말을 듣자마자 눈이 살짝 커진 레카르도는 곧 광소를 터뜨렸다.

"크하핫, 발록이 가지고 싶단 말인가?"

이안이 조금 떨떠름한 목소리로 대답했다.

"그, 그렇습니다."

레카르도가 실소를 흘리며 천천히 대답했다.

"이거 정말 재밌는 친구로군. 그래, 발록이라…… 확실히 소환마들에게 발록을 소환마수로 부리는 것은 꿈과도 같은 일이지."

그가 고개를 절레절레 저으며 말을 이었다.

"하지만 발록은 아직 자네가 꿈꿀 수 있는 단계가 아니야.

자네는 이제 막 소환마의 길에 입문한 초짜가 아닌가?"

할 말이 없어진 이안은 뒷머리를 긁적였다.

"음······."

"지금 발록을 포획하겠다고 '그곳'에 갔다가는 오히려 반대로 자네가 잡아먹히고 말 것이라네."

"네?"

레카르도가 씨익 웃으며 대답했다.

"자네의 영혼이 발록에게 잠식당해 버릴 것이라는 말이지."

"쩝······."

일반적으로 영혼이 잠식당한다는 의미는, 발록의 꼭두각시가 된다는 말과 다를 것이 없었다.

물론 유저인 이안의 영혼이 잠식되면 어떻게 될지는 알 수 없었지만, 별로 알고 싶지 않았다.

이안은 아쉽다는 듯 입맛을 다셨다.

"'그곳'이 어디인지라도 말씀해 주실 수 있을까요?"

어려울 것 없다는 듯 레카르도는 순순히 대답했다.

"마계 15구역, '잊힌 영혼의 무덤'에 가면 어렵지 않게 만날 수 있을 걸세."

파이로 영지의 영주 집무실.

집무실 가운데 있는 원탁에는 세 여인이 둘러앉아 있었고, 그 원탁을 중심으로 왠지 모를 긴장감이 흐르고 있었다.

하린이 한기가 느껴지는 목소리로 레비아를 향해 물었다.

"그러니까…… 이안이를 만나기 위해 여기 오셨다는 말씀 이시죠?"

레비아가 선선히 고개를 끄덕였다.

"예, 제가 지금 중요한 퀘스트를 하는 중인데 이 퀘스트를 이어 가기 위해서는 그가 필요해서요."

하린이 레비아를 아래위로 슬쩍 훑어보았다.

'으음, 왜 이렇게 예쁜 여자가 또 꼬이는 거야, 진성이 녀석은!'

하린은 지금 심기가 불편했다.

웬 처음 보는 여자가 퀘스트를 핑계(?)로 이안을 찾고 있으니 기분이 좋을 리가 없었던 것이었다.

하지만 사실, 그녀가 예쁜 점은 별로 불안하지 않았다.

이안은 일반적인 남자들과는 여자 보는 기준이 달랐기 때문이었다.

'생각해 보니 예쁜 건 상관없지만, 사제 랭킹 1위 유저라면 나랑은 비교도 안 되게 게임을 잘할 거 아니야?'

하린은 무려 한 클래스의 랭킹 1위라는 타이틀을 가지고 있을 정도로 게임 잘하는 여자가 이안을 찾고 있다는 사실이 불안한 것이었다.

하린이 미세하게 떨리는 목소리로 다시 입을 열었다.

"무슨 퀘스트인지 저도 좀 알 수 있을까요?"

하린의 물음에 옆에 있던 피올란이 오히려 흠칫 놀랐다.

'음…… 랭커들에게는 민감한 질문일 수도 있는데.'

피올란은 하린과 완전 다른 생각을 가지고 있었다.

'베일에 싸여 있던 사제 랭킹 1위가 이렇게 제 발로 우리 길드에 찾아오다니, 영입할 수만 있다면 엄청난 전력이 될 텐데, 하린이가 그녀의 심기를 불편하게 하는 건 아니겠지?'

하지만 피올란의 염려와는 다르게, 레비아는 순순히 고개를 끄덕이며 대답했다.

"네, 뭐 어려울 것 없죠."

그리고 다음 순간, 하린과 피올란의 눈앞에, 생각지도 못했던 시스템 메시지가 떠올랐다.

띠링-.

-유저 '레비아'로부터 '대지의 신, 샌디애나의 부름(히든)(연계)' 퀘스트를 공유받으셨습니다.

-퀘스트 공유를 수락하시겠습니까? (Y/N)

마왕 레카르도와 발록에 대한 정보를 얻은 뒤, 이안은 곧바로 퀘스트를 진행했다.

세라핌으로부터 받은 서신을 레카르도에게 전달한 것이었다.

그리고 그 서신을 읽은 레카르도는 무척이나 심각한 표정이 되었다.

"흐으음, 이런 일이 있었군. 그래서 갑자기 파괴마들이 기승을 부리는 거였어."

레카르도는 이안에게 마계의 정세에 대해 간략하게 설명하기 시작했다.

"이 마계 안에는 크게 두 개의 세력이 존재한다네."

그의 설명을 간단히 요약하면 이러했다.

1. 마계를 이루고 있는 마족들은 크게 온건파와 강경파로 나뉜다.

2. 마족들의 50퍼센트를 차지하고 있는 일반 마족이 온건파이며, 10퍼센트 정도의 세력이 중립 세력, 나머지 40퍼센트 정도 되는 파괴마들이 바로 강경파에 속한다.

3. 파괴마들은 차원계의 순리를 거스르고 다른 차원계를 침략해 약탈하고 싶어 하고, 일반 마족들은 그와 반대되는 입장을 가지고 있다.

4. 한데, 최근 파괴마에 속하는 마왕 몇몇이 상위 서열까지 진급하는 데 성공했고, 그로 인해 다시 차원 전쟁의 조짐이 보이기 시작한다.

이안은 궁금한 점에 대해 물었다.

"그렇다면 파괴마들은 어째서 침략 전쟁을 하려고 하는 것이죠?"

레카르도가 대답했다.

"그 이유야 간단하지. 마족들은 영혼을 소멸시킬 때마다 그 영혼이 가졌던 힘의 일부를 마기로 얻어 낼 수 있으니까. 그들은 마계에 비해 비교적 허약한 다른 차원계에 쳐들어가 좀 더 쉽고 빠르게 강해지기를 원하는 거다."

레카르도의 말을 이해한 이안은 고개를 끄덕였다.

하지만 이렇게 되니 또 다른 의문이 생기게 되었다.

"음…… 그럼 온건파가 그걸 반대하는 이유는요?"

레카르도가 간단하게 대답했다.

"그것은 신의 섭리를 거스르는 행위이기 때문이지."

"예?"

"결국 마계가 다른 차원계를 공격해 식민지로 삼다 보면, 다른 수많은 차원계들의 공공의 적이 될 수밖에 없어. 그렇게 되면 그땐 오히려 마계의 존립이 위태로워질 테니까 말이야."

이안이 턱을 만지작거리며 말했다.

"흐음…… 파괴마들은 다른 차원계들이 연합하더라도 상대해서 이길 자신이 있다는 입장이겠군요."

"바로 그렇다네."

이안은 이 대화로 인해 마계의 세계관에 대해 어느 정도 이해할 수 있게 되었다.

'역시, 강함을 최고의 가치로 여기는 마족들답네.'

생각을 정리한 이안이 다시 천천히 입을 열었다.

이제는 다음 연계 퀘스트를 받아야 할 차례였다.

"그럼 이제 어떻게 하면 그들이 인간계를 침공하는 것을 막을 수 있을까요?"

이안의 물음에, 잠시 멈칫 하던 레카르도는 쓴웃음을 지으며 대답했다.

"음...... 아쉽게도, 이제 그것을 막을 수 있는 방법이 사라져 버렸다네."

"네에?"

"내가 천 년 전, 암연 깊숙한 곳에 봉인해 두었던 마룡 칼리파가 깨어나 버렸기 때문이지."

"......?"

무슨 말인지 정확히 이해가 되지 않은 이안은 말없이 레카르도를 응시했고, 그가 설명을 마저 해 주었다.

"원래 인간계로 침공하기 위한 차원의 문을 열기 위해서는, 서열 10위 안에 들 정도로 강력한 다섯 이상의 마왕이 힘을 합쳐야만 하네."

잠시 뜸을 들인 그가 말을 이었다.

"한데 현재 서열 10위 이내의 마왕들 중에는, 파괴마가 총 네 명뿐이지."

레카르도 또한 서열 7위로, 그만한 힘을 가지고 있는 마왕들 중 하나였다.

"그래서 지금까지 그들은 마음대로 차원의 문을 열지 못했었어. 하지만 이제는 나머지 한 자리를 채워 줄 존재가 봉인에서 풀려나 버린 것이지."

"⋯⋯!"

그 말에, 이안은 적잖이 놀랄 수밖에 없었다.

'마룡 칼리파가 그렇게나 강력한 존재였어?'

이안은 마룡 칼리파와 관련된 퀘스트를 100레벨도 되기 전에 받았었다.

때문에 자연스럽게, 칼리파를 조금 우습게 생각하고 있던 것이다.

'으⋯⋯ 이리엘이 준 퀘스트가 칼리파를 죽이라거나 하는 퀘스트면 어떻게 하지?'

머릿속이 복잡해진 이안을 향해 레카르도가 말을 이었다.

"어쨌든 이제, 파괴마들이 인간계를 침공하는 것은 우리로서도 막을 방법이 사라졌다네."

"그⋯⋯렇군요."

그리고 레카르도의 말이 끝나자마자 시스템 메시지가 떠올랐다.

띠링-.

-특정 조건을 충족하지 못해, '마족의 태동 III (히든)(연계)' 퀘스트의 발동이 취소됩니다.

-'마족의 태동 Ⅲ (히든)(연계)' 퀘스트가 완료되었습니다.

-클리어 등급 : A

-명성치를 25만만큼 획득합니다.

이안은 씁쓸한 표정을 지었다.

'젠장, 칼리판지 뭔지 그 녀석은 갑자기 왜 깨어나 버린 거야? 연계 퀘스트는 전부 다 클리어해야 최종 보상이 어마어마한데…….'

그런데 입맛을 다시는 이안의 눈앞에, 새로운 메시지가 몇 줄 추가로 떠올랐다.

-특정 조건이 충족되어 새로운 히든 퀘스트가 발동합니다.

마계 몬스터 웨이브의 시작

Taming
Master

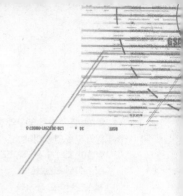

이안의 눈앞에 새로운 퀘스트 창이 떠올랐다.

띠링.

소환마석 파괴(히든)

세라핌은 파괴마들이 마룡 칼리파를 봉인에서 풀려나게 하고자 한다는
사실을 알고 있었다.

파괴마들은 마룡 칼리파를 이용해 인간계로 침공하는 차원의 문을 열고
자 했고, 세라핌은 그것을 어떻게든 막아 보고자 했다.

그래서 그는 마왕 레카르도에게 도움을 구하려 했다.

하지만 그의 서신이 레카르도에게 닿기 전, 마룡 칼리파가 깨어나 버리
고 말았다.

이제는 돌이킬 수 없게 되었다.

파괴마들은 힘을 얻었고, 그들은 앞으로 열흘 뒤면 인간계로 통하는 총
여섯 개의 차원의 문을 여는 데 성공할 것이다.

파괴마들은 마계 50구역에 있는 총 여섯 개의 '소환마석'을 매개체로 차원의 문을 열 것이다.

열흘이 지나기 전, 적어도 하나 이상의 소환마석을 파괴하여 파괴마들의 침공을 최소화하라!

퀘스트 난이도 : SSS

퀘스트 조건 : '마족의 태동Ⅲ(히든)(연계)' 퀘스트 완료./마룡 칼리파의 봉인 해제.

제한 시간 : 10일

보상 : 상급 마정석×50/마신의 축복×10

*거절할 수 없는 퀘스트입니다.

흥미로운 표정으로 퀘스트를 읽어 내려가던 이안은, 보상 탭에 눈이 고정되고 말았다.

'뭐야, 상급 마정석이라고? 게다가 쉰 개?'

두 눈을 의심하게 만드는 엄청난 보상이었다.

심지어 상급 마정석은 지금 이안에게 꼭 필요한 물건이었다.

'그렇지 않아도 곧 있으면 정령왕의 심판 아이템은 2차 초월까지 되는데!'

2차 초월 아이템이란, +10강이 된 장비를 얘기하는 것이다.

현재 이안의 장비들은 전부 +8~+9강인 상태.

2차 초월을 아직 성공해 본 적은 없었지만, 그동안 사냥으로 인해 쌓인 중급 마정석은 셀 수 없이 많았다.

'어디 보자…… 중급 마정석이 몇 개 있는 거지? 인벤에

Taming Master
테이밍마스터

사백오십 개, 마을에 맡겨 둔 게 삼백 개쯤 되니까 총 칠백오십 개 정도?'

강화 확률이 아무리 눈물 날 정도로 열악해도, 칠백오십 개의 중급 마정석이라면 분명 장비 두어 개 정도는 2차 초월이 가능할 터였다.

그럼 곧바로 상급 마정석으로 추가 강화를 할 수가 있는 것이다.

'크으, 이거 무조건 클리어하고 만다!'

마계 몬스터 웨이브가 시작되기 전까지 무조건적으로 해내야 할 과제가 생긴 이안은, 불타오르기 시작했다.

SSS등급이라는 어마어마한 난이도는 눈에 보이지도 않았으며, 심지어 방금 전까지 꽂혀 있던 전설 등급의 마수인 발록조차도 잠시 잊힐 정도였다.

두 주먹을 불끈 쥐고 전의를 불태우는 이안을 보며, 레카르도가 입꼬리를 슬쩍 말아 올렸다.

"후후, 할 수 있겠는가, 이안?"

이안은 고개를 끄덕였다.

"할 수 있습니다. 아니, 해야만 합니다."

이안의 마정석에 대한 열정을, 차원 전쟁을 막아 내겠다는 열정으로 착각한 레카르도가 만족스러운 미소를 지었다.

"좋아, 좋은 자세야."

"감사합니다!"

"그럼 지금 바로 움직이도록 하지. 시간이 많지 않으니까."

그 말에 이안의 표정이 더욱 밝아졌다.

'이 괴물같이 강한 마왕이 함께 움직인다면 SSS급 난이도 퀘스트도 별거 아니겠지.'

하지만 이안이 잘못 생각하는 부분이 있었다.

퀘스트의 난이도가 트리플 S등급이라는 것은, 모든 퀘스트 진행 환경을 고려해서 산정된 등급이라는 것이었다.

카일란 공식 홈페이지와 공식 커뮤니티의 메인 공지 창.

마계가 오픈되고 나서 단 한 번도 게시물이 업로드되지 않았던 그 게시판에 오랜만에 새 게시글이 올라왔다.

그리고 그 안에 담긴 내용들은 유저들을 흥분시키기에 충분했다.

몬스터 웨이브가 시작될 것이라는 내용이야 이미 알고 있었던 것이었지만 그 구체적인 내용은 두루뭉술하게만 알려졌었는데, 이번 공지에 무척이나 상세하게 서술되어 있었던 것이다.

공지의 내용은 다음과 같았다.

-에피소드 l 마계의 침공

지금으로부터 정확히 일주일 뒤인 10월 1일 정오에 마계로부터의 차원문이 열리게 됩니다.

현재 예정된 차원문의 개수는 총 여섯 개이며, 북부 대륙과 중부 대륙에 각 세 개씩의 차원문이 열려 몬스터 웨이브가 시작됩니다.

몬스터 웨이브는 총 10단계로 10월 한 달 동안 진행될 예정으로, 몬스터 웨이브에서 승리하지 못한다면 중부 대륙과 북부 대륙은 마계화될 것입니다.

마계 몬스터 웨이브 시간표.

1차 웨이브

기간 : 10/1~10/15

난이도 : 1~3단계

등장 몬스터 : 하급~중급 마수/하급 마족

2차 웨이브

기간 : 10/16~10/25

난이도 : 4~7단계

등장 몬스터 : 하급~상급 마수/하급~평마족

3차 웨이브

기간 : 10/25~10/30

난이도 : 8~10단계

등장 몬스터 : 중급~전설 마수/(알 수 없음)

*에피소드 기간 동안, 매일 오전 09:00시부터, 3시간 간격으로 총 5회 몬스터들이 소환됩니다.

*금일(9/24) 오후 6시부터 각 제국의 수도에 가면, 마계 토벌군에 등록할 수 있습니다. (레벨 제한 : 100)

*토벌군에 등록하게 되면, 자신이 등록한 기간 동안은 각 제국의 토벌군에서 벗어날 수 없게 됩니다.

*토벌군에 등록하게 되면, 매일 최소 1만 골드의 기본급을 받게 되며, 자신이 쌓은 공적치에 비례하여 추가로 막대한 수당을 얻을 수 있습니다.

*현재 차원문 소환 예정 지역

세인트빌 고원 (중부 대륙 중앙 지역)

점심을 먹으며 공식 홈페이지의 공지를 확인하던 유현은 두 눈을 휘둥그렇게 떴다.

차원문 소환 예정 지역이라고 쓰인 곳에, 어디서 많이 본 지역 이름이 눈에 띄었기 때문이었다.

"뭐야? 세인트빌 고원……이라고?"

세인트빌 평원은, 로터스 길드의 영지인 파이로 영지에서 무척이나 가까운 필드였다.

게다가 그곳은 뒤쪽이 높다란 산맥으로 둘러싸여 있는 지형이었기 때문에, 거기서 소환된 마수들은 무조건 파이로 영지를 향해 밀려들 게 분명했다.

유현이 마른 침을 꿀꺽 삼켰다.

"이거…… 좋아해야 하는 거야 말아야 하는 거야?"

유현으로서는 이 상황이 잘 판단되지 않았다.

'만약 우리 파이로 영지의 방어력으로 막아 낼 수 있을 수 준의 웨이브라면 이건 정말 엄청난 기횐데!'

하지만 반대의 경우라면, 지금껏 공들여 키워 놓은 파이로 영지가 쑥대밭이 되어 버릴 것이었다.

유현은 공지 글 아래쪽에 벌써부터 수도 없이 달려 있는 댓글들을 한번 읽어 보았다.

−와우, 이제야 제대로 된 공지 하나 띄워 주네요.

−그러게요. 그런데 사실, 지금까지가 너무 방치형 운영이었음. 새 콘 텐츠 업데이트 하면서 이렇게 공지 안 하는 게임사도 진짜 처음 봅니다.

−헐, 저거 기본급 5만 골드 너무 짠 거 아님?

−윗분, 님이야 말로 너무 날로 먹으려고 하시는 거 아니에요? 1만 골 드면 지금 시세로 환산해도 현금 1만2천 원 정돈데, 등록만 해 놓고 하 루에 만이천 원씩 굴러 들어오는 거면 개 이득 아님?

−그런가…… 그런데 100레벨 이상의 유저가 하루 플레이하면 만 골 드 이상이야 너무 쉽게 벌 수 있는 양이라서…….

−뭐 그러면 추가 수당이 좀 괜찮겠죠. 카일란이 언제 우리 실망시키 는 거 본 적 있습니까?

−하긴, 그건 그러네요.

댓글들을 한번 쭉 훑어봤지만, 유현은 딱히 영양가 있는 건 찾아볼 수 없었다.

"음…… 일단 접속해서 파이로 영지부터 가 봐야겠다."

최근 개인 퀘스트를 하느라 영지에 간 지 오래됐던 유현은, 피올란과 만나서 뭔가 몬스터 웨이브에 대한 대책을 세워야겠다고 생각했다.

"그나저나 진성이 이놈은 대체 언제 마계에서 나오는 거야?"

먹고 난 접시들을 대충 정리한 유현은 서둘러 카일란에 접속했다.

팍-.

"허억, 허억."

이안은 창대를 바닥에 내리찍어 몸을 지탱한 채, 천천히 숨을 고르기 시작했다.

'어우, 뭐 이렇게 빡센 퀘스트가 다 있어?'

소환마석 파괴 퀘스트를 진행하기 시작한 지 사흘째.

어지간히 진 빠지는 퀘스트는 전부 다 경험해 봤다고 자부하는 이안이었지만, 그런 그가 느끼기에도 이번 퀘스트의 난이도는 어마어마했다.

'아니, 난이도라고 하기에는 좀 그런가?'

정확히 말하자면 퀘스트 자체의 난이도가 높다기보다는,

퀘스트 진행 페이스가 상상초월로 빠른 것이 문제였다.

마왕 중에서도 최고 수준의 무력을 가진 레카르도는 이안의 사정을 봐주지 않았으며, 정말 무식한 속도로 마계 관문들을 돌파해 나간 것이었다.

퀘스트가 시작된 지 고작 사흘 만에, 80구역에서 50구역의 관문까지 돌파해 냈다는 사실만 보더라도 알 수 있었다.

'제길, 나도 그냥 발록 등에 태워 주면 좀 좋아?'

심지어 레카르도는 이안이 돌파하기 쉽도록 길을 열어 주는 것도 아니었다.

그는 마왕의 권능을 이용하여 이안보다 한참 먼저 50구역으로 움직였으며, 그가 이안을 도와준 것은 단지 60구역과 70구역에 있는 두 개의 관문을 미리 클리어해 놓은 것뿐이었다.

'뭐, 이것만으로도 고마워해야 할 수도 있지만…….'

어쨌든 스파르타식으로 무식하게 빠른 속도로 50구역까지 돌파해 낸 이안은, 50구역의 포털 앞에서 자신을 기다리고 있던 레카르도를 만날 수 있었다.

"늦어, 늦어. 정말 시간을 겨우 딱 맞춰서 도착했군."

레카르도의 핀잔에, 이안이 숨을 고르며 천천히 대답했다.

"후우, 후우, 그래도 늦지는 않았습니다!"

레카르도가 고개를 끄덕였다.

"하긴, 이제 갓 상급 마족 수준인 자네에게 내가 너무 무리한 요구를 한 것이었을지도……."

레카르도의 혼잣말에, 이안은 이를 바득바득 갈았다.

'으으, 그걸 알면 버리고 가지를 말았어야지!'

이안의 속마음이 어떻든, 그것과는 별개로 퀘스트는 계속해서 진행되었다.

정말 조금도 쉴 틈 없이 급박하게 돌아가는 퀘스트.

"자, 그럼 이제 나와 함께 저쪽으로 이동하도록 하지. 저기 남쪽지역에 있는 소환마석부터 파괴하는 게 좋겠어."

레카르도는 말을 마치자마자 자신이 가리킨 방향을 향해 걸음을 떼기 시작했고, 이안은 그런 그를 잠시 불러 세웠다.

"잠깐만요, 레카르도 님."

"왜 그러는가, 이안?"

이안이 레카르도를 불러 세운 건 조금 쉬고 싶은 마음도 있었지만 사실 다른 이유 때문이었다.

"혹시, 여섯 개의 소환마석이 각각 인간계의 어느 위치에 차원문을 소환하는지 알 수 있겠습니까?"

"음……?"

이안이 이것을 물어본 이유는 바로 공식 홈페이지에서 확인한 공지 사항 때문이었다.

'세인트빌 고원! 무조건 거기에 열리는 차원문은 틀어막아야만 해.'

마계에서 가장 많은 마수들과 마족들을 접해 본 이안은, 5단계 이상 난이도의 몬스터 웨이브가 얼마나 강력한지를 잘 알고 있었다.

'한 6단계까지는 어떻게 될지 몰라도, 상급 마족들이 나타나기 시작하면 파이로 영지가 아무리 견고해도 쑥대밭이 되어 버리고 말 거야.'

어차피 중부 대륙에 추가로 두 군데의 차원문이 더 열리기 때문에, 그 중앙에 자리하고 있는 파이로 영지는 어떻게든 마계 병력들과 맞부딪칠 수밖에 없다.

다만 1차 타깃이 되어 버리는 것은 막을 필요가 있었던 것이다.

'그리고 여유가 좀 더 생긴다면 북부 대륙에 열릴 차원문도 하나 정도 막아 버렸으면 좋겠고…….'

이것은 로터스 길드뿐만 아니라 북부 대륙에 영지를 가진 모든 길드들을 위한 선택이었다.

중부 대륙은 유저들의 힘도 강력하고 장기간 진행된 제국 간 전쟁으로 인해 영지들의 방어력이 탄탄하다.

반면 오랜 기간 평화롭게 방치되어 온 북부 대륙은 지금 완전히 무방비 상태일 게 분명했기 때문이었다.

그리고 이안의 질문을 들은 레카르도는 잠시 생각을 하더니 천천히 대답했다.

"음…… 내가 인간계의 지명을 알 수는 없지만, 자네가 지도를 보여 준다면 그 대략적인 위치는 찍어 줄 수 있을 것 같군. 아마도 천 년 전이랑 같은 위치일 테니 말이야."

레카르도의 말에 이안의 표정이 살짝 밝아졌다.

띠링-.

-대마법사 솔라르를 해방시키는 데 성공하셨습니다.

-'태양신의 힘 II(히든)(연계)' 퀘스트를 성공적으로 완료하셨습니다.

-명성이 30만 만큼 증가합니다.

-이제부터 대마법사 솔라르가 당신을 따르기 시작합니다.

-특정 조건(명성치 500만 이상, 공작 작위 이상)을 충족하게 되면, 솔라르를 가신으로 받을 수 있게 됩니다.

레미르는 떠오르는 시스템 메시지들을 보며, 뿌듯한 표정이 되었다.

'됐어! 이로써 한 고비 넘겼어.'

태양의 보석을 얻기 위해 솔라르를 해방시켜야 하는 이번 퀘스트의 난이도는 정말 극악했다.

트리플S 등급의 난이도를 가진 퀘스트 치고 클리어하는 데 걸린 시간은 짧은 편이었지만, 정말 살얼음판 위를 걷는 것과 같은 위태위태한 순간들을 가까스로 이겨 내야만 하는 퀘스트였다.

'운이 좋기도 했어.'

중간중간 게임 아웃될 뻔한 위기가 있기도 했지만, 운과 실력으로 무사히 클리어하는 데 성공한 레미르는 자신의 앞에 나타난 백발의 마법사를 응시했다.

"당신이 솔라르인가요?"

레미르의 물음에, 눈을 감고 있던 솔라르가 천천히 눈을 떴다.

"그렇다네. 내 이름은 솔라르."

대답을 한 솔라르는 레미르를 찬찬히 훑어보았다.

그리고 곧, 놀란 표정으로 입을 열었다.

"이런! 무례를 용서하시오."

솔라르가 화들짝 놀라 고개를 숙여 보이자, 레미르는 의아한 표정이 되어 물었다.

"왜 그러시는지요?"

솔라르가 대답했다.

"태양신의 사자를 몰라 뵙고 무례를 저질렀습니다."

그제야 솔라르의 반응이 이해가 된 레미르는 손사래를 치며 대답했다.

"아뇨, 그러실 필요 없습니다."

그리고 그 순간, 레미르의 의지와는 관계없이 두 사람의 대화가 진행되기 시작했다.

메인 시스템 상에서 새로운 퀘스트가 발동됨과 동시에 레미르의 캐릭터를 통제하기 시작한 것이다.

'흐음, 이 기분은 항상 느끼지만 뭔가 묘하단 말이지.'

레미르는 대화를 관조하기 시작했다.

"허허, 신의 사자께서 제 앞에 나타나시다니, 또 차원 전쟁이 일어날 조짐이 보이는 겐가 봅니다."

"그렇습니다, 솔라르. 당신의 힘이 필요하여 이곳을 찾아왔습니다."

그리고 대략 5분 정도, 두 사람의 대화가 계속되었다.

주로 차원 전쟁이 시작되려 한다는 사실과 지금까지 레미르가 진행해 온 퀘스트에 대한 설명을 솔라르에게 해 주는 내용이었다.

"역시…… 파괴마들은 아직까지 그 야욕을 버리지 못했나 봅니다."

"그렇습니다. 그리고 이제 곧, 차원의 문이 열리겠지요."

"으음……."

낮은 신음성을 흘린 솔라르가 돌연 양손을 모으며 눈을 감았다.

그러자 그의 손 주변에 새하얀 빛과 함께 기의 파동이 일어나기 시작했다.

우우우웅–!

그리고 잠시 후, 다시 눈을 뜬 솔라르가 나직한 목소리로 읊조렸다.

"과연! 또 다시 '소환마석'의 기운이 느껴집니다."

"소환마석이라면……?"

"차원의 문을 여는 매개체, 그것들이 다시 작동하기 시작했습니다."

"그럼 어떻게 해야 하나요? 도와주세요, 솔라르."

"천 년 전에는 실패했지만 이렇게 그들의 야욕을 미리 알게 된 이상, 차원문의 개수를 최대한 줄여야 합니다."

"제가 도울 것이 있을까요?"

솔라르는 고개를 천천히 끄덕이며 다시 눈을 감았다.

그의 주름진 이마에서 땀이 비 오듯 쏟아졌고, 잠시 후 그의 손을 감싸고 있던 하얀 빛이 허공을 뭉게뭉게 수놓기 시작했다.

"흐아압!"

위잉―!

적막 속에 울려 퍼진 솔라르의 기합성과 함께 두 사람의 앞에 커다란 포털이 열렸다.

그리고 통제를 벗어나 있던 레미르의 캐릭터가 다시 그녀의 통제 안으로 들어왔다.

레미르는 재빨리 솔라르에게 물었다.

"이 포털은 뭐죠?"

솔라르가 대답했다.

"마계 50구역, 여섯 개의 소환마석이 소환되어 있는 그곳으로 안내해 줄 포털입니다."

솔라르의 말을 들은 레미르는 흠칫 놀랐다.

'뭐지? 지금 여기가 고작 80구역인데, 한 번에 50구역으로 이동시켜 주는 포털이라고?'

마계 50구역의 난이도가 어떨지 짐작조차 되지 않는 레미르는 잠시 고민했다.

하지만 이 제안을 거절할 이유는 어디에도 없었다.

'까짓것, 몬스터가 강해져 봐야 얼마나 강해지겠어? 끽 해야 상급 마수 정도나 나오겠지.'

그리고 레벨조차 가늠할 수 없는 '솔라르'라는 든든한 지원군이 있었기에, 레미르는 곧바로 고개를 끄덕였다.

"좋아요. 바로 이동하도록 하죠."

그리고 이렇게 되자, 항상 자신보다 한발 앞서 맵을 진행하던 이안의 존재가 생각났다.

'이 포털을 타고 들어가면 이제 확실히 그 녀석보다는 앞설 수 있겠지?'

그 생각에 조금 기분이 좋아진 레미르의 입꼬리가 살짝 올라갔고, 솔라르가 고개를 끄덕이더니 천천히 걸음을 옮겼다.

"제가 먼저 들어가겠습니다, '태양신의 사자'께서는 따라 들어오시길."

"예, 그러도록 할게요."

솔라르는 레미르의 대답을 듣자마자 순식간에 포털 안으로 사라졌고, 레미르도 망설임 없이 그 뒤를 따라 들어갔다.

"흐음, 이렇게 두 군데에 있는 소환마석을 파괴하자는 말이지?"

지도를 손가락으로 짚으며 얘기하는 레카르도에게, 이안은 고개를 끄덕였다.

"예, 말씀하신 대로 하면 될 것 같습니다."

그에 잠시 전력을 둘러보며 생각하던 레카르도는, 지도 한쪽을 짚으며 말을 이었다.

"내가 이쪽에 있는 마석을 파괴할 테니, 자네가 여기로 가게나."

"예에?"

레카르도의 말에 이안은 당황할 수밖에 없었다.

'아니, 같이 움직이는 거 아니었어?'

레카르도는 차원마석을 지키는 마수가 레벨이 400에 가까운 영웅 등급의 마수라고 이야기해 주었다.

게다가 그 주변을 지키는 300레벨대의 상급 마수들만도 최소 열 마리는 된다고 들었는데, 이안 혼자 한 구역을 맡으라니 기가 막힌 것이었다.

"뭘 그리 꾸물대고 있는 건가? 시간이 별로 없네만."

하지만 이번만은 이안도 쉬이 발길이 떨어지지 않았다.

"레카르도 님과 같이 움직이는 게 좋지 않을까요?"

하지만 이안의 호소는 씨알도 먹히지 않았다.

"그렇게 움직인다면, 절대로 두 군데를 막을 수 없을 걸세. 시간이 부족하다는 말이지."

그 말에 이안은 결국 고개를 끄덕일 수밖에 없었다.

"그……럼 어쩔 수 없죠."

-'암연의 비동'에 입장하셨습니다.

-'암연의 비동' 던전을 최초로 발견하셨습니다.

-앞으로 7일간, 획득하는 모든 경험치가 두 배가 됩니다.

-명성을 10만 만큼 획득하셨습니다.

떠오르는 메시지를 본 레미르의 두 주먹이, 절로 불끈 쥐여졌다.

'아자! 드디어 내가 앞서 가는 건가?'

마계가 열리고부터, 항상 한발 뒤처지는 설움에 자존심이 상했던 레미르였다.

그녀는 드디어 이안을 앞섰다는 뿌듯함에 기분이 절로 좋아졌다.

그리고 그런 그녀를 향해, 솔라르가 말했다.

"여긴 총 세 개 층으로 구성되어 있는 비동입니다, 레미르님."

"그렇군요. 그럼 소환마석은 지하 3층에 있는 건가요?"

솔라르가 고개를 끄덕였다.

"그렇습니다. 최대한 빠르게 그곳까지 내려가 마석을 파괴해야 할 것 같습니다. 제가 포털을 열었기 때문에 파괴마들이 눈치챘을 확률이 높고, 시간을 끈다면 노블레스나 마왕급의 파괴마가 우리를 저지하기 위해 나타날지도 모릅니다."

레미르는 고개를 주억거렸다.

'마왕급이라니…… 생각만 해도 끔찍하군.'

그런데 그때, 레미르의 맞은편에 있던 비동의 문에서 굉음이 울려 퍼지기 시작했다.

그극- 그그극-!

그에 레미르는 당황했고, 솔라르 또한 소스라치게 놀란 표정이 되었다.

"아니! 설마 벌써 알아채고 나타난 건 아니겠죠?"

레미르의 말에 솔라르는 식은땀을 흘리며 대답했다.

"그……럴 리는 없습니다. 아무리 그들이 기의 파동을 눈치챘다고 한들 이렇게 빠르게 올 수는……!"

두 사람은 재빨리 마법을 캐스팅하기 시작했고, 천천히 열리는 비동의 문을 응시했다.

하지만 잠시 후, 둘은 더욱 당황하고 말았다.

특히 레미르의 황당함은 솔라르보다 더욱 컸다.

'어떻게 이런 일이……?'

비동의 문을 열고 나타난 남자가 레미르를 향해 고개를 갸웃하며 입을 열었다.

"음? 여기에 누군가 벌써 도착할 수가 있는 건가? 심지어 유저?"

그는 바로 이안이었고, 레미르는 어이없는 표정이 되어 그를 노려봤다.

'이런 미친! 그건 내가 할 소리거든?'

무려 80구역에서 50구역까지, 고난이도의 마계 지역을 치트키에 가까운 포털 하나로 이동한 그녀였다.

그런데 상대는 그런 포털도 없이 자신과 거의 비슷한 시간대에 50구역에 당도했으니, 당황스러울 만도 한 것이었다.

레미르가 이안을 응시하며 입을 열었다.

"당신이 '이안'인가요?"

레미르의 물음에, 조금 놀란 표정이 된 이안이 대답했다.

"제 이름을 알고 있네요? 맞아요, 전 이안입니다. 그쪽은 누구시죠?"

레미르는 무척이나 허탈해졌다.

'뭐야, 이놈은 지금 내 이름조차 모르는 거야?'

레미르의 외모는 무척이나 독특했다.

길게 늘어뜨린 적발에, 붉은 색의 로브. 그와 대비되는 새하얀 피부와 화염이 일렁이는 스태프를 든 모습.

그녀는 공식 커뮤니티에서도 무척이나 유명한 랭커였고,

이안이 자신을 알아보지 못했다는 사실은 충격적일 수밖에 없었다.

"후우……."

짧게 한숨을 내쉰 레미르가 천천히 다시 입을 열었다.

"전 레미르라고 해요."

"아하, 그렇군요."

한편, 레미르의 이름을 들은 이안은 고개를 갸우뚱했다.

'음? 레미르라…… 왠지 익숙한 이름인데.'

그리고 곧 그 이름을 어디에서 들었었는지 기억해 낼 수 있었다.

'맞아! 마법사 비공식 랭킹 1위 아이디가 레미르였지!'

레미르가 다시 이안에게 물었다.

"그나저나 이안 님은 여기에 무슨 일로 오신 거죠?"

그에 잠시 레미르의 정체에 대해 생각 중이던 이안이 뒷머리를 긁적이며 대답했다.

"아, 저는 퀘스트 때문에요. 소환마석을 파괴해야 하거든요. 레미르 님도 비슷한 퀘스트이신 것 같은데……."

그에 레미르가 쓴웃음을 지으며 고개를 끄덕였다.

"맞아요, 저도 소환마석을 파괴하라는 퀘스트를 받았어요."

레미르의 대답을 들은 순간, 이안은 곧바로 그녀에게 파티 신청을 했다.

'잘됐다. 그렇지 않아도 안쪽 난이도 진짜 지옥같이 어려울

텐데, 랭킹 1위 마법사라면 그래도 적잖은 도움이 될 거야.'

　－마법사 유저 '레미르'님에게 파티를 신청합니다.

　하지만 이안과 달리, 던전 안쪽의 난이도에 대해 솔라르로부터 들은 바가 없는 레미르는 잠시 갈등에 휩싸였다.

　'이 녀석이랑 파티를 하는 게 이득일까?'

　그런데 그때, 그녀의 뒤에 있던 솔라르가 무언가를 발견했는지 눈이 휘둥그레졌다.

　"아니…… 너, 너는!"

　그에 레미르와 이안의 시선이 자연스레 솔라르를 향했고, 그의 말이 이어졌다.

　"카이자르! 카이자르, 네 녀석이 어떻게 여기에 있는 거냐!"

　솔라르의 말에, 이안의 뒤쪽에 서 있던 카이자르가 저벅저벅 걸어 나왔다.

　"흐음…… 영감, 나를 아는가?"

　카이자르의 말에 솔라르는 당황했다.

　"녀석…… 말투는 분명히 그대로인 게 카이자르가 맞는데. 기억을 잃은 건가?"

　카이자르가 고개를 끄덕이며 대답했다.

　"그렇다. 기억의 조각들을 많이 모았지만, 아직 전부 되찾지는 못했어."

　솔라르가 돌연 레미르의 손을 덥석 잡더니 흥분해서 입을 열었다.

"레미르 님, 무조건 저들과 함께해야 합니다!"

이안과 레미르는 결국 한 파티로 움직이게 되었다.

그리고 그것은 정말 탁월한 선택이었다.

"빡빡아, 도발 쓰면서 뒤쪽으로 빠져! 라이는 레미르 님 근처로 접근하는 적들 차단해 주고!"

"알겠다, 주인."

쾅- 콰쾅-!

레미르는 극단적인 공격형 화염법사였다.

그런 그녀에게, 마법을 캐스팅하는 동안 버텨 줄 도발 탱커 빡빡이와 광역 마법으로 생명력이 얼마 남지 않은 적들을 정리해 줄 라이의 존재는 엄청난 시너지를 일으키고 있었다.

"잉걸불!"

화르륵 - !

캐스팅하는 데 필요한 시간이 길어 평소에는 사용하기조차 힘들었던 광역 화염 마법인 잉걸불.

레미르가 가진 최고의 화염 마법 중 하나인 잉걸불이 발동되자, 전방의 모든 것이 타오르기 시작했다.

지직- 지지직-!

잉걸불은 일반적인 화염스킬과는 이펙트가 많이 달랐다.

잉걸불의 범위 안에 들어온 모든 물체들이 시뻘개지기 시작한 것이었다.

거대한 폭발을 일으키거나 화염이 강렬하게 불타오르는 등의 화려한 이펙트를 가진 다른 스킬들에 비하면, 무척이나 소박한 이펙트를 보여 주는 잉걸불이지만 그 효과마저 소박하지는 않았다.

−잉걸불의 범위에 들어온 모든 적들이 지속 시간 동안 강력한 화염 피해를 입으며 '화상' 상태에 빠집니다.

−상급 마수 '다크 하운드'의 생명력이 129,840만큼 감소합니다.

−상급 마수 '다크 하운드'의 생명력이 131,120만큼 감소합니다.

상급 마수인 다크 하운드들의 생명력이 순식간에 절반 가까이 떨어질 정도로 무시무시한 도트 대미지를 한 번에 밀어 넣는 극한의 화염 스킬이다.

이안은 전투하는 도중에도 레미르가 전투하는 모습을 확인하며 그녀의 전력을 가늠했다.

'잉걸불은 마법사 스킬 중에서 처음 보는 스킬인데…… 아마 레미르의 히든 클래스만 배울 수 있는 특수 스킬인 모양이야.'

이안은 레미르의 강력함에 제법 감탄하고 있었다.

'오랫동안 캐스팅을 해야 하는 스킬인 점을 감안하더라도 굉장한 대미지야. 거의 카르세우스의 브레스와 맞먹을 정도…….'

두 스킬을 비교해 보자면, 카르세우스의 브레스는 2~3초 정도면 발동되는 즉발 스킬에 가까운 스킬이라는 점이 더 나았고, 대신 레미르의 잉걸불은 브레스보다 재사용 대기 시간이 짧은 편인 듯했다.

'어쨌든, 확실히 랭킹 1위 법사라 할만 해.'

게다가 솔라르라는 마법사는 또 어떤가.

그는 카이자르보다도 훨씬 강력하다고 느껴질 정도의 위용을 뽐내고 있었다.

솔라르의 전투력은 상급 마족인 얀쿤과 비교해도 전혀 꿀리지 않을 정도였다.

'가신은 아닌 것 같은데…… 퀘스트 때문에 일시적으로 붙은 NPC인가?'

이안은 솔라르의 정보를 확인해 보았다.

솔라르 : 레벨 : 325/클래스 : 마법사/등급 : 신화

그리고 두 눈이 휘둥그레졌다.

'어쩐지……. 신화 등급의 NPC라니. 그러니까 이렇게 강력하지. 레벨만 더 높으면 얀쿤보다도 훨씬 강하겠어.'

생각이 거기에 미치자, 카이자르의 각성에 대한 기대치가 더욱 높아졌다.

'카이자르도 기억을 전부 찾고 각성해서 신화 등급이 되

면…… 솔라르보다 더 강력해지겠지?'

행복한 상상의 나래를 펼치는 이안.

한편, 레미르는 이안이 전투하는 모습을 보며, 감탄을 넘어 경악하고 있었다.

'뭐, 뭐지? 소환술사가 원래 이렇게 강력한 클래스였어?'

애초에 자신보다 계속 앞서나가며 마계 구역을 돌파하는 것을 보고, 레미르는 이안에 대해 경시하는 마음을 버린 지 오래였다.

'운'이나 '우연' 같은 것으로 치부해 버리기에는 이안의 선전이 너무 오래도록 계속되었기 때문이었다.

하지만 그렇다고 하더라도, 지금 레미르의 눈앞에 있는 이안은 너무도 상식 밖의 전투력을 가지고 있었다.

'저 그리핀이나, 펜리르 하나만 있어도 어지간한 다른 랭커급 소환술사의 전투력과 맞먹을 것 같은데…….'

한데 이안에게는 그 정도로 강력한 소환수가 너덧 이상이 있었다.

게다가 가신들은 또 어떤가?

카이자르도 놀랄 만큼 강력했지만, 상급 마족인 얀쿤의 위용은 정말인지 어마어마할 정도였다.

쾅- 콰쾅-!

그리고 가장 놀라운 것은, 이 엄청난 난전 속에서도 이안이 완벽한 움직임과 소환수 컨트롤을 보여 주고 있다는 것이다.

'진짜 불가사의할 정도야. 상급 마족은 대체 어떻게 가신으로 부리는 거며, 소환술사 주제에 본체의 전투력은 또 어떻게 저렇게 강한 거지?'

어찌 되었든, 레미르와 이안의 파티는 무척이나 강력한 시너지를 만들어 내며 던전을 빠르게 뚫고 내려갔다.

하지만 소환마석이 있는 지하 3층까지 내려갔을 때.

파죽지세로 던전을 돌파하던 이안 일행은 잠시 걸음을 멈출 수밖에 없었다.

그곳에서 그들은, 처음 보는 전설 등급의 마수를 만났다.

"결국 칼리파가 깨어나고 말았군요."

긴 생머리에 뾰족한 귀.

미의 여신을 조각한 듯한 아름다운 외모를 가진 엘프이자 사랑의 숲을 지키는 주인인 이리엘의 입에서 긴 한숨이 새어 나왔다.

그리고 그녀의 앞에는 '차원의 마도사'라는 거창한 수식어를 가진 마법사인 그리퍼가 앉아 있었다.

"그렇습니다, 이리엘 님. 하지만 이것은 결국 예정되어 있던 수순 아니었습니까?"

이리엘이 천천히 고개를 끄덕였다.

"확실히 그렇긴 하지요. 이안 님께서 조금만 더 빨리 성장하셨다면 칼리파가 깨어나는 것을 막을 수 있었을지도 모르지만, 아쉽게도 간발의 차이로 깨어나고 말았군요."

이리엘이 오래전에 이안에게 주었던 '마룡 칼리파의 그림자' 퀘스트. 사실 이 퀘스트가 바로, 봉인되는 칼리파가 깨어나는 것을 막기 위한 퀘스트였다.

퀘스트 조건이었던 '소환술 마스터 3레벨'과 '신룡의 영혼 획득'은 칼리파가 깨어나기 전 달성한 이안이었지만, 다른 퀘스트들을 진행하다 보니 이리엘에게 찾아갈 기회가 없었고, 결국 그 사이에 칼리파가 깨어나 버린 것.

이안으로서는 이러한 사실들을 알 수 없었지만, 어느새 그의 행보 하나하나가 카일란 세계관 전체에 영향을 끼치기 시작한 것이었다.

그리퍼가 이리엘을 향해 말했다.

"하지만 칼리파가 예상보다 너무 빨리 깨어난 게 가장 큰 문제였습니다. 이안 님은 우리 예상보다도 더 빠르게 성장해 주셨습니다."

이리엘은 고개를 천천히 끄덕였다.

"맞아요, 하지만 아쉬운 것은 어쩔 수 없네요."

잠시 눈을 감고 생각에 잠겨 있던 이리엘의 입이 천천히 다시 열렸다.

"차원 전쟁을 돌이킬 수 없다면 다른 최선을 찾아야겠죠?"

그리퍼가 나직한 목소리로 대답했다.

"그렇습니다, 이리엘 님."

이리엘이 파란 하늘을 올려다보며, 조용히 읊조렸다.

"이안 님에게 새로운 '그 임무'를 맡겨야겠어요."

그리퍼가 고개를 주억거렸다.

"그러도록 하시지요."

그리고 잠시 후, 저 멀리 마계 어딘가에서 열심히 드잡이질 중이던 이안의 시야에, 의문의 시스템 메시지가 울려 퍼졌다.

띠링-.

-'마룡 칼리파의 그림자(히든)' 퀘스트에 실패하셨습니다.

-이리엘과의 친밀도가 10만큼 하락합니다.

-'마룡 칼리파의 그림자(히든)' 퀘스트가 새로운 퀘스트로 갱신되었습니다.

-최대한 빠른 시일 내에 이리엘에게 찾아가야 합니다.

-남은 시간-9일 23:59:59

-제한 시간 내에 이리엘을 찾지 않는다면, 이리엘과의 친밀도가 대폭 하락합니다.

한편, 무지막지할 정도로 강력한 전설 등급의 마수인 '데빌 드래곤'과 혈투를 벌이는 중이었던 이안은, 느닷없이 눈앞에 떠오른 장문의 메시지에 당혹감을 감출 수 없었다.

'제기랄 이게 갑자기 뭐야? 내가 지금 실패할 퀘스트가 없는데 뭘 실패했다는 거지?'

하지만 그 메시지에 대한 생각은 더 이어질 수 없었다.

눈앞에 있던 데빌 드래곤의 입가가 꿈틀거리기 시작했던 것이다.

"젠장! 브레스야, 피해!"

데빌 드래곤의 광역 브레스의 발동 징조를 가장 빨리 발견한 이안이 소리치자, 레미르와 솔라르가 동시에 지팡이를 휘둘렀다.

"쉐도우 쉴드!"

"카오스 홀!"

그러자 데빌 드래곤과 맞서고 있던 모든 일행의 주변으로 새하얀 보호막이 생성되었고, 브레스를 뿜으려 준비중이던 데빌 드래곤의 앞에 커다랗고 새까만 소용돌이가 생겨났다.

크아아오!

그리고 그 순간, 브레스의 차징이 모두 끝난 데빌 드래곤이 입을 쩍 하고 벌렸다.

콰아아아아아—!

소리만으로도 기가 질릴 정도로 무시무시하게 쏟아져 나오는 드래곤의 숨결.

그리고 그 숨결은, 장내에 있던 모든 일행을 휘감고 지나
갔다.

솔라르가 소환한 카오스 홀이 브레스의 일부를 빨아들여
대미지를 상쇄시켰고, 레미르가 소환한 쉐도우 쉴드가 거기
에서 또 한 번 대미지를 흡수해 주었지만, 그럼에도 불구하
고 정말 어마어마한 공격력이었다.

쾅- 콰쾅-!

브레스의 파괴력에 던전 전체가 흔들릴 정도였으니까.

-데빌 드래곤의 고유 능력 '드래곤 브레스'에 격중당했습니다.

-치명적인 피해를 입었습니다!

-생명력이 464,798만큼 감소합니다.

-'화상' 상태에 빠졌습니다.

-추가로 10초 동안, 매 초 57,980만큼의 피해를 입습니다.

이안은 거의 최대치까지 채워져 있던 생명력이 10퍼센트
수준까지 한 번에 깎여 내려가는 것을 보고는 어이가 없었다.

'아니, 뭐 대미지가 이래?'

이 대미지로 인해 소환수들 중 할리와 핀은 동시에 사망에
이르렀으며, 라이는 이안이 자체적으로 역소환시켰다.

라이의 생명력은 원래 20퍼센트 정도밖에 남아 있지 않았
기 때문에 이안이 브레스를 본 순간 역소환해 버린 것이었다.

'이럴 줄 알았으면 할리랑 핀도 역소환 거는 건데…….'

하지만 이미 후회는 늦었고, 이대로 손 놓고 있을 수는 없

었다.

이안은 '절대 방어' 고유 능력으로 인해 유일하게 100퍼센트의 생명력을 유지한 빡빡이를 앞으로 내세웠다.

"빡빡아, 귀룡의 포효!"

크아아아오오!

빡빡이가 광역 도발기를 시전하자 데빌 드래곤의 시선이 잠시 동안 빡빡이에게 묶였고, 이 순간을 레미르와 이안은 놓치지 않았다.

타탓-!

이안은 빠르게 데빌 드래곤을 향해 내달렸다.

'마지막 기회야, 이번이 아니면 승산이 없어!'

그리고 이안이 움직이자, 카이자르와 얀쿤, 솔라르도 동시에 데빌 드래곤을 향해 무기를 휘둘렀다.

쾅- 콰쾅-!

얀쿤의 대부와 카이자르의 대검이 동시에 드래곤의 목덜미를 파고들었고, 그 틈을 타 솔라르와 레미르가 마법을 캐스팅하기 시작했다.

우웅- 우우웅-!

그리고 어느새 드래곤의 날개를 밟고 허공으로 도약한 이안이, 정령왕의 심판을 하늘 높이 치켜들었다.

"제발, 뒈져라!"

콰직-!

-전설 마수, '데빌 드래곤'에게 치명적인 피해를 입혔습니다.

-데빌 드래곤의 생명력이 398,709만큼 감소합니다.

이안과 얀쿤, 카이자르의 공격을 전부 약점으로 받아 낸 데빌 드래곤이 고통에 차 포효했다.

캬아아악-!

그리고 그 순간, 레미르와 솔라르의 마법이 드래곤의 복부에 작렬했다.

퍼어엉-!

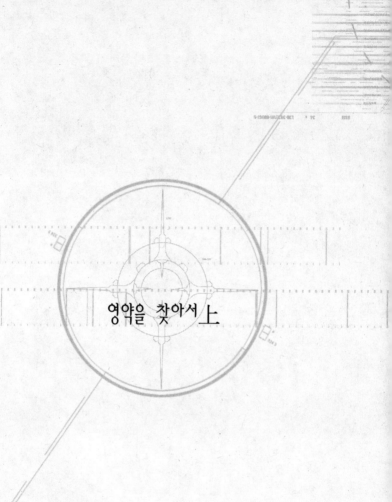

영약을 찾아서 上

Taming
Master

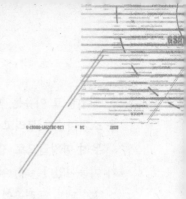

　마수 '데빌 드래곤'은 다시 말하지만 '전설' 등급이다.

　그리고 아이템이건 소환수건 가신이건, 등급이 올라갈수록 기하급수적으로 강력해지는 것이 카일란의 특성이었다.

　다시 말해, 상급 마수보다 두 단계 더 높은 등급의 마수인 '데빌 드래곤'은 지난번 이안이 두들겨 패서 억지로 포획했던 상급 마수 '라키엘'과는 차원이 다른 녀석이라는 뜻이었다.

　현재 이안의 스펙을 가지고, 라키엘처럼 무대포로 잡을 수 있는 녀석이 아닌 것이다.

　'하지만 너무 갖고 싶잖아!'

　데빌 드래곤의 정수리에 창극을 박아 넣는 와중에도, 이안은 입맛을 다시고 있었다.

그런데 그 이유는, 단지 전설 등급의 마수인 데빌 드래곤을 소환마수로 부리고 싶어서가 아니었다.

'무려 마왕급으로 강력하다는 마룡 칼리파를 만드는 재료가 이놈이었다는데, 어떻게 테이밍할 방법 없을까?'

그가 데빌 드래곤이 갖고 싶었던 이유는 신화 등급의 마수인 칼리파를 만드는 재료가 바로 이 녀석이라는 것을 기억하기 때문이었던 것이다.

이안은 세르비안이 지나가듯 말했던 합성 공식을 전부 외우고 있었다.

'최상급, 그러니까 영웅 등급의 마수인 카이온과 켈베로스를 조합하면 데빌 드래곤을 만들 수 있다고 했었고, 데빌 드래곤에 전설 등급 마수 하나를 더 추가해서 칼리파를 만들어 냈다고 했었어.'

이안이 가진 놀라울 정도의 기억력은 게임에 대한 그의 집착으로부터 나오는 힘이었다.

캬아오! 캬아아오오-!

결국 이안은, 이 녀석을 포획하기 위해 숨통을 붙여 놓는 오만을 부릴 수는 없었다.

이번 기회를 놓친다면, 데빌 드래곤을 포획하기는커녕 모두가 몰살될 것이었으니까.

'아쉽지만, 잘 가라! 이 형이 다음에 꼭 잡으러 오마!'

퍼퍼퍽-!

이안은 인정사정없이 데빌 드래곤의 약점을 파고들었고, 결국 데빌 드래곤은 회색빛으로 변하기 시작했다.

콰아앙-!

-전설의 마수 '데빌 드래곤'을 성공적으로 처치하셨습니다.

-명성이 15,000만큼 상승합니다.

-경험치가 98,979,881만큼 상승합니다.

스르륵- 쿵-!

데빌 드래곤의 육중한 몸이 그대로 바닥에 주저앉았고, 그제야 일행의 얼굴이 밝아졌다.

"후 아, 뭐 이렇게 괴물 같은 녀석이 다 있는 거죠?"

레미르의 말에, 솔라르가 쓴웃음을 지으며 대답했다.

"마계 전체를 통틀어도 개체수가 많지 않은, 전설 등급의 마수니까요. 다만…… 저도 전설 등급의 마수가 소환마석을 지키고 있을 줄은 몰랐습니다."

"……."

"그래도 다행입니다. 이안 님이 계셔서 괴물 같은 녀석을 잡을 수 있었군요."

두 사람의 대화를 듣고 있던 이안은 고개를 절레절레 흔들었다.

'그래, 전설 등급의 마수가 지키고 있는 줄 몰랐으니까 그 전력으로 여기에 들어왔겠지. 마왕 레카르도 놈도 마찬가지야. 전설 등급의 마수가 있는 줄 알았으면 날 여기 혼자 보내

진 않았을 거 아냐?'

정말이지, 던전 입구에서 레미르와 솔라르를 기가 막힌 타이밍에 만난 것이 신의 한수였다.

이안은 속으로 구시렁거리며 데빌 드래곤의 시체로 다가가 손을 뻗었다.

카일란에서는 몬스터를 처치하는 데 기여한 모든 유저에게 각각 다른 아이템 보상이 주어지기 때문에, 드롭되는 아이템을 가지고 경쟁하는 일은 없었다.

'자, 전설 등급의 마수는 처음 잡아 봤는데…… 뭘 주려나?'

이안은 두근거리는 마음을 가다듬고 드롭된 아이템을 확인해 보았다.

'크흐흐, 최소 영웅 등급 이상 아이템은 나오겠지?'

하지만 다음 순간, 이안은 당황할 수밖에 없었다.

"……!"

-'데빌 드래곤의 영혼석' (등급 : 전설) (분류 : 잡화)×7 아이템을 획득하셨습니다.

일반적으로 히든 퀘스트 마지막 지점을 지키고 있는 보스급 몬스터의 경우, 처치했을 때 정말 막대한 양의 아이템과 골드를 떨어뜨린다.

그래서 보통, 보스급 몬스터를 처치하면 시야 한가득 시스템 메시지로 도배되기 마련이었는데…….

'뭐야, 어떻게 메시지가 고작 한 줄 떠 있을 수 있는 거지?'

정체 모를 아이템만 떡하니 한 줄 떠올라 있는 것이었다.

이안은 구겨진 표정으로 인벤토리를 열었다.

어쨌든 획득한 아이템의 정보는 확인해 봐야 했으니까.

'분류가 잡화인 걸로 봐서 잡템인 것 같지만, 그래도 전설 등급이니까 또 모르지.'

이안은 실망스런 기색을 애써 감추며, '데빌 드래곤의 영혼석' 아이템의 정보를 오픈했다.

데빌 드래곤의 영혼석

분류 : 잡화 　　　　　　**등급 : 전설**

*마기의 농도가 짙은 마계 30구역 이내에서만 서식한다는 전설의 마수, '데빌 드래곤'의 영혼석이다.

존재하는 마수들 중, 가장 거대한 덩치를 가지고 있으며, 브레스에 담긴 마기에 스치기만 해도 쇳덩이도 녹아내린다는 데빌 드래곤.

그가 소멸하기 직전 남긴 이 영혼석을 충분히 수집한다면, 언젠가 데빌 드래곤을 소환할 수 있을 것이다.

*소환마겸還魔 전용 아이템입니다.

*마계 30구역에 있는 '마신의 제단'에 가면 비싼 값으로 판매할 수 있습니다.

이안이 두 눈을 꿈벅거리며 아이템의 정보를 읽어 내려가고 있던 그때, 그의 시야에 새로운 시스템 메시지가 몇 줄 추가로 떠올랐다.

띠링-.

-'데빌 드래곤의 영혼석'×3을 획득하셨습니다.

−영혼석의 조각을 모두 모아 영혼이 모두 완성되면, 데빌 드래곤을 소환하실 수 있습니다.

−현재 보유 중인 영혼석 : 7/200 (3.5퍼센트)

이안의 얼굴이 급격히 밝아졌다.

'뭐야, 이거……! 이런 시스템이 있었어?'

이안은 흥분한 표정으로 열심히 머리를 굴리기 시작했다.

'이렇게 되면, 데빌 드래곤을 얻는 것도 불가능한 일만은 아니잖아?'

그리고 그의 시선이 레미르를 향해 슬쩍 돌아갔다.

'혹시 레미르도 영혼석을 얻었을까?'

'소환사 전용 아이템'이라는 부가 옵션이 박혀 있었기에 레미르가 얻지 못했을 수도 있다는 생각은 했으나, 이안은 확인해 보지 않을 수 없었다.

"저기, 레미르 님."

이안의 부름에, 인벤토리를 확인하고 있던 레미르가 반사적으로 고개를 돌렸다.

"네, 왜 부르시죠?"

이안이 뒷머리를 긁적이며 대답했다.

"다른 게 아니고…… 혹시 방금 이 녀석 잡아서 뭐 드롭되셨어요?"

이안의 물음에 레미르가 대답했다.

"뭐, '데빌 드래곤의 영혼석'이라는 아이템 먹었네요. 한 3

개 정도 나왔군요."

그에 반사적으로 환호성을 내지를 뻔한 이안이 마음을 가다듬고 다시 입을 열었다.

"혹시……."

이안이 운을 떼자 레미르가 피식 웃었다.

그의 속내가 너무 뻔히 보였기 때문이었다.

레미르가 품속에서 희미하게 빛나는 돌조각들을 꺼내 보이며 말했다.

"이게 필요하신 거죠?"

이안이 멋쩍은 표정으로 대답했다.

"그, 그렇죠, 뭐……."

레미르도 정보 창만 열어 보면 이안이 탐낼 만한 물건이라는 사실을 뻔히 알 터인데, 괜히 속내를 숨길 이유도 없었다.

"혹시 제게 그것들…… 파실 수 있을까요?"

이안의 물음에, 레미르는 빙글거리며 대답했다.

"음, 어디 보자. 읽어 보니까 이거 여러 개 모으면 데빌 드래곤을 소환할 수도 있는 엄청난 물건이네요?"

레미르의 말에 이안은 식은땀을 흘렸다.

"그, 그렇죠."

"흐음…… 이걸 과연 얼마에 팔아야 할까요?"

레미르의 두 눈이 활처럼 휘어졌다.

이런 상황이 아닌 평소에 그녀의 눈웃음을 봤다면 무척이나 아름답게 느껴졌을 터였지만, 지금 이안의 눈에 그 눈웃음은 더없이 사악해 보였다.

'홍염의 마도사가 아니라 마녀였어, 마녀!'

이안은 순간적으로, 자신의 창고에 들어차 있는 아이템들을 떠올렸다.

지금까지 사냥하면서 얻은 아이템들 중 마법사 전용의 무기나 방어구들을 하나씩 기억해 내는 중이었다.

'생각해 보자…… 분명 레미르가 탐낼 만한 물건이 있을 거야.'

이안이 그렇게 골머리를 싸매고 있던 그때, 레미르의 말이 다시 이어졌다.

"대체 얼마나 좋은 제시를 하시려고 그렇게 열심히 생각하시는 거죠?"

당황한 이안이 말을 더듬었다.

"자, 잠시만요. 조금만 기다려 주세요!"

"지금 이럴 시간 없어요, 이안 님. 빨리 소환마석 파괴하고 여길 나가야 해요."

"잠시만……!"

머리를 쥐어짜는 이안을 보다 못한 레미르가 실소를 흘리며 다시 입을 열었다.

"이안 님, 그럼 제가 제시를 하죠."

"예, 말씀하세요."

레미르는 돌연 뒤를 돌더니 손가락으로 멀찍이 어딘가를 가리켰다.

그리고 그곳에는, 보랏빛의 기운으로 둘러싸인 커다란 '수정' 같은 것이 있었다.

"우선, 제가 소환마석을 파괴하게 해 주세요."

의외의 제안에, 이안은 당혹스러운 표정이 되었다.

"네에?"

"말 그대로예요. 저 소환마석, 제 손으로 부술 수 있게 해 달라고요."

이안은 의뭉스러운 표정이 되었다.

'뭐지? 퀘스트에 꼭 자기가 저 돌을 파괴해야 한다는 내용이 있나? 아니면 저 돌을 파괴하면 얻을 수 있을 명성 같은 게 탐이 나는 건가?'

이안은 정확히 레미르의 의중을 알 수는 없었지만, 곧 고개를 끄덕였다.

이안으로서는 전혀 손해 볼 게 없는 제안이었기 때문이었다.

"뭐, 그렇게 할게요. 그리고 '우선'이라고 하신 걸 보면 조건이 추가로 있는 것 같은데…….."

레미르가 곧바로 고개를 끄덕였다.

"맞아요. 한 가지 조건이 더 있어요."

"말씀……해 보세요."

드디어 올 것이 왔다고 생각한 이안이 부들부들 떨고 있을 때, 레미르의 말이 이어졌다.

"이 퀘스트 마치고, 마계 닫히기까지 남은 사흘 정도 동안 저랑 파티해서 쉬지 않고 사냥해 주시는 거예요."

"……!"

레미르의 제안에, 이안의 두 눈이 휘둥그레졌다.

그거야말로 이안이 하고 싶었던 제안이었기 때문이었다.

'레미르…… 엄청 좋은 여자였어!'

이안은 재빨리 고개를 끄덕이며 대답했다.

"좋아요, 그렇게 하도록 하죠."

레미르 또한 만족스러운 표정으로 고개를 끄덕이며 영혼석을 내밀었다.

"후훗, 그럼 거래는 성립된 걸로!"

쿨내가 진동하는 레미르의 거래에, 이안은 몹시 행복해 졌다.

'크으으, 이게 웬 떡이냐!'

한편, 싱글벙글 웃는 이안과 별개로, 레미르 또한 함박웃음을 지은 채로 소환마석을 향해 날아가고 있었다.

'흐훗, 별 쓸모도 없는 잡템 세 조각 주고 이런 완벽한 거래를 하다니!'

사실 레미르가 소환마석 파괴를 자신에게 맡겨 달라고 한 이유는 단 하나였다.

소환마석 파괴는, 결과적으로 보면 마계 웨이브 중 하나를 막은 어마어마한 업적이라고 할 수 있는 것이었다.

그렇다면 분명 월드 메시지로 최초 달성 같은 문구가 서버 전체에 퍼질 것이고, 그것을 이안에게 빼앗기기 싫었던 것이다.

'게다가 엄청난 고급 인력을 사흘 동안 부려먹을 수 있게 됐잖아?'

누가 누구를 부려먹을지는 알 수 없었지만, 어쨌든 레미르는 싱글벙글한 표정으로 소환마석의 코앞까지 다가갔다.

그러고는 망설임 없이 마석을 향해 손을 뻗었다.

퍼엉-!

그녀의 손에서 시뻘건 화염이 퍼져 나가 소환마석을 바스라트렸고, 그녀의 예상대로 시스템 메시지가 떠오르기 시작했다.

-'소환마석'을 성공적으로 파괴하셨습니다!

-'태양신의 힘 Ⅲ(히든)(연계)' 퀘스트를 성공적으로 완수하셨습니다!

-명성을 35만 만큼 획득하셨습니다.

하지만 다음 순간, 카일란 서버 전역에 떠오른 월드 메시지에…….

-유저 '이안'과 '레미르'가 제4 구역의 몬스터 웨이브를 성공적으로 저지했습니다.

레미르의 표정은 한순간에 구겨지고 말았다.

-제4 소환마석이 파괴되었습니다.

　-유저 '이안'과 '레미르'에 의해, 중부 대륙의 '세인트빌 고원'에 열릴 예정이었던 몬스터 웨이브 포털이 취소됩니다.

　-제2 소환마석이 파괴되었습니다.

　-마왕 '레카르도'에 의해, 북부 대륙의 롤랑카 산맥에 열릴 예정이었던 몬스터 웨이브 포털이 취소됩니다.

　카일란 각지에서 사냥 중이던 많은 유저들은 급작스레 떠오르는 월드 시스템 메시지들을 확인하고는 벙찐 표정이 되었다.

　"뭐야? 이게 어떻게 된 일이지?"

　"그러니까. 대체 마계에서 무슨 일이 일어나고 있는 거야?"

　마계 내부의 정황에 대한 정보는 극소수의 최상위권 유저들만 아는 사실이었다.

　마계에 진입한 유저가 이제는 제법 된다고 해도, 마계 내부에서 제대로 퀘스트를 수행하고 있던 유저는 많이 쳐줘야 백 명 안팎.

　그들을 제외한다면 다들 그저 120구역 정도에서 사냥을 하고 있는 것이 다였으니, 파괴마와 칼리파 등에 대해 알 턱이 없었던 것이다.

    그렇기 때문에 그들은 마왕 레카르도가 몬스터 웨이브를 파괴했다는 사실이 가장 이해하기 힘들었다.

    "대체 뭘까? 마계 안에서 내분이라도 일어나고 있는 걸까?"

    "그러게, 별일이 다 있네. 몬스터 웨이브가 스스로 파괴되는 경우는 또 처음이야."

    그리고 대중들의 가장 큰 관심은, 과연 몬스터 웨이브가 파괴된 것이 자신들에게 득이 될 것인지 실이 될 것인지에 관한 부분이었다.

    "어쨌든 몬스터 웨이브가 3분의 1이나 파괴되었으니 좋은 거 아닐까?"

    "어째서?"

    "몬스터 웨이브를 우리가 못 막아 내면 중부 대륙에 북부 대륙까지 전부 잃는 거잖아. 이러면 콘텐츠 손실이 어마어마하다고. 이안 님과 레미르 님이 그걸 막아 내신 거고."

    "에이, 난 그건 아니라고 본다. 개발사에서 몬스터 웨이브를 유저들이 막아 내지 못할 정도로 기획했을 리가 있어?"

    "음……?"

    "생각해 봐. 방금 네가 한 말 대로 북부 대륙과 중부 대륙이 마계화되어 버리면, 동부 서부 대륙에서 사냥하는 아주 초보 유저들은 몰라도 70~150레벨 사이의 중상위권 유저들의 터전이 완전히 사라져 버린다고. 이러면 밸런스 붕괴잖아."

"그것도 일리는 있네."

"난 그래서 오히려 이안이랑 레미르가 괜한 짓을 한 거라고 봐."

"그건 또 왜?"

"걔들이 몬스터 웨이브를 두 군데나 못 쓰게 만들어 놔서, 우리 사냥터가 줄어든 거잖아."

"허얼…… 그게 또 그렇게 되나?"

유저들 사이에는 수많은 의견들이 난무했고, 공식 커뮤니티에서는 매일 치열한 공방이 오갔다.

이안과 레미르를 지지하는 의견과 그들이 개인 퀘스트를 위해 이기적으로 행동한 것이라며 비난하는 의견이 거의 반반이기 때문이었다.

하지만 물론, 당사자들은 그런 공식 커뮤니티의 반응에 아무런 관심이 없었다.

"잠깐, 잠깐만요."

"왜요? 무슨 일이죠?"

윤기가 좔좔 흐르는 적발과, 인형처럼 새하얀 피부를 가지고 있던 레미르.

그랬던 그녀가, 어느새 새우 잡이 배에 끌려온 노예처럼 초췌한 몰골이 되어 있었다.

"조, 조금만 쉬도록 해요."

"다섯 시간 전에도 쉬었잖아요."

"아니 그, 그건······!"

"아직 나흘 중에 절반 밖에 안 지났어요! 이제 마계가 닫히면 이런 꿈 같은 사냥터를 또 언제 찾을지 모른다고요."

"으, 으으······."

레미르의 살짝 벌어진 입 사이로, 옅은 한숨이 새어 나왔다.

'정말 미친놈인 것 같아. 어떻게 사람이 이럴 수가 있지?'

소환마석을 파괴하고 각자의 퀘스트를 모두 클리어한 뒤, 레미르는 호기롭게 이안에게 얘기했었다.

-이안 님, 이제 바로 사냥하러 가시죠?

-예? 저 잠시 잡템 정리할 게 좀 있는데······.

-지금 그럴 시간이 어디 있어요? 곧 마계 닫히고 나면 언제 여기서 사냥할 수 있을지 모른다고요. 다른 건 몰라도 마정석은 최대한 캐야죠!

-하긴, 듣고 보니 레미르 님 말이 맞네요. 좋습니다. 곧바로 사냥 시작하도록 하죠.

지금 이 순간, 레미르는 그때 이안에게 잡템 팔 시간을 주지 않은 것을 진심으로 후회했다.

'으······ 이건 진짜 지옥이야. 지옥이라고!'

처음 사냥을 시작할 때만 해도 레미르는 무척이나 행복

했다.

이안과의 파티 사냥은, 지금까지 그 누구와 함께할 때보다 훨씬 손발이 잘 맞았으니까.

차곡차곡 쌓여 가는 경험치와 마정석을 보고 있노라면 피로가 절로 잊혔다.

하지만 그것도 잠깐이었다.

4시간, 5시간, 6시간이 지날 동안, 이안은 레미르에게 단 한 번도 쉬자는 이야기를 하지 않는 것이었다.

하지만 레미르도 어지간한 게임 폐인이라 자부하는 유저였기 때문에, 계속해서 오기로 버티고 있었다.

'하지만 30시간이 지날 때까지 잠도 안 자고 게임하는 건 너무하잖아!'

누가 보면 사흘 뒤에 카일란의 서버가 닫히는 줄 알 정도로, 미친 듯이 사냥만 하는 이안 때문에 레미르는 끊임없이 고통받았다.

"이안 님, 그럼 딱 10분만. 10분만 쉬고 다시 시작해요. 스킬 재사용 대기 시간 한번 싹 점검하고 인벤토리 확인 좀 하게요."

그제야 이안은 어쩔 수 없다는 듯, 못마땅한 표정으로 고개를 끄덕였다.

"그럼…… 그렇게 하죠."

"네!"

"대신."

"⋯⋯?"

"딱 10분 만이에요."

"아, 알겠어요."

레미르는 속으로 구시렁거렸다.

'으으, 내가 이 무식한 녀석이랑 다시 파티 플레이 하나 봐라!'

그런데 사실, 지금 당장이라도 레미르가 마음만 먹는다면 이 파티 플레이는 그만둘 수 있었다.

어찌 됐든 이 파티가 유지되는 건 레미르 자신의 의지이기 때문이었다.

하지만 레미르가 그러지 않는 이유는 이안과의 파티 사냥이 마약 같은 중독성이 있었기 때문.

'고통스럽기는 하지만, 그래도 이럴 때 아니면 언제 이렇게 하드하게 사냥해 보겠어?'

획득하는 경험치와 골드, 아이템 등이 마치 카일란 자체적으로 두 배 이벤트라도 하는 수준이었다.

레미르는 부들부들 떨리는 온몸에 당장이라도 쓰러지고 싶었다가도 인벤토리와 시스템 메시지, 그리고 경험치 게이지를 한번 확인할 때면 다시 멘탈이 회복되는 것을 느꼈다.

'그래, 딱 한 번! 이번만 사흘 풀타임으로 이 녀석이랑 파티 사냥 하는 거야. 다시는 안 해!'

하지만 과연, 이것이 이안과의 마지막 파티 사냥일지는 레미르조차도 확신할 수 없었다.

그리고 그렇게 사흘이 훌쩍 지나갔다.

"저기요, 레미르 님."

"……."

"레미르 님, 주무세요?"

"……."

마계 57구역 구석에 있는 한 공터.

거뭇거뭇한 누더기를 걸친 한 여자가 바닥에 널브러져 있었고, 그 앞에 선 한 남자가 뒷머리를 긁적이고 있었다.

물론 두 사람은, 이안과 레미르였다.

이안이 심각한 표정으로 빡빡이를 보며 말했다.

"빡빡아, 레미르 님 자나 봐."

빡빡이가 고개를 끄덕이며 대답했다.

"그런 것 같다, 주인. 강제로 수면 상태에 빠진 것 같다."

이안이 턱을 만지작거리며 중얼거렸다.

"으음…… 중간에 많이 쉬면서 했는데 왜 그러지? 심지어 어제는 3시간이나 자고 다시 접속했잖아."

이안의 중얼거림에, 옆에 있던 라이가 고개를 절레절레 저으며 말했다.

"역시, 마법사 녀석들은 나약하다. 고작 이 정도 사냥에 지쳐 버리다니."

빡빡이가 반론을 펼쳤다.

"아니다, 라이. 우리 주인이 너무 악덕 업주인 거다. 이렇게 전투를 오래 하는 인간을 나는 본 적이 없다."

하지만 라이의 반박도 만만치 않았다.

"아니다. 잘 생각해 봐라, 빡빡아. 평소에는 그렇다 쳐도, 이번에는 3시간에 한번 5분 쉬고, 어제는 잠도 3시간이나 자고 왔다. 저 여자가 나약한 게 분명하다."

빡빡이의 동공이 흔들렸다.

"그, 그런가?"

어느새 이안의 사냥 패턴에 익숙해져 가는 소환수들이었다.

카르세우스마저 고개를 끄덕이며 동의했다.

"그렇다. 이번 사냥은 나도 만족스러웠다. 주인이 항상 이 정도만 쉽게 해 줬으면 좋겠군. 무척 쾌적한 환경이다."

이안이 소환수들과 레미르의 뒷담화를 나누는 사이, 누워 있던 레미르의 신형이 점점 희미해지기 시작했다.

그 모습을 본 이안이 뒷머리를 긁적였다.

"강제 로그아웃인가 보네."

그리고 이안의 말이 끝나자마자 시스템 메시지가 한 줄 떠올랐다.

−파티장 '레미르' 님이 접속을 종료하셨습니다.

−파티가 해체되었습니다.

이안은 입맛을 다시며 시간을 한 번 확인했다.

"어디 보자, 이제 마계가 닫히기까지 몇 시간 정도 남은 거지?"

−몬스터 웨이브까지 남은 시간 (03:47:22)

남은 시간을 확인한 이안은, 속으로 중얼거렸다.

'으음, 3시간 50분이라…… 너무 아깝잖아, 이거?'

이안은 시선을 슬쩍 돌렸다.

"우리 딱 3시간만 더 사냥하고 해산할까?"

라이가 제일 먼저 대답했다.

"좋다, 주인. 4시간 해도 된다."

카르세우스가 이어서 대답했다.

"나는 딱 3시간이 좋은 것 같다, 주인."

소환수들의 의견을 적극 수렴한 이안은, 명확한(?) 결론을 내렸다.

"좋아, 그럼 3시간 30분만 딱 하고 쉬도록 하지."

이안은 다시 전투를 준비하며, 소환수들과 가신들을 하나하나 체크했다.

그런데 그때, 이안의 시야에 둥글둥글한 뒷모습이 들어왔다.

뿍− 뿍− 뿌뿍−.

뿍뿍이가 어디론가 슬금슬금 기어가는 장면을 발견한 것이다.

이안이 눈에 쌍심지를 켜고 소리쳤다.

"뿍뿍이 요놈, 어딜 또 도망가는 거야?"

그리고 이안의 외침에 놀란 뿍뿍이가 그 자리에서 우뚝 멈춰 섰다.

뿌꾹-!

너무 놀란 나머지 딸꾹질까지 하던 뿍뿍이는 고개를 돌리며 서러운 표정으로 말했다.

"주인아, 나는 억울하다뿍. 저쪽에 영기 가득한 영초의 기운이 느껴져서 잠깐 찾으러 가는 것 뿐이었뿍."

이안은 게슴츠레 눈을 뜨며 추궁했다.

"웃기지 마, 요놈아. 너 그렇게 먹을 거 찾으러 슬금슬금 기어 다니다가 전투 시작하면 어디로 또 슥 사라져 버리려고 그랬던 거 다 알아."

뿍뿍이의 입에서는 대답 대신 딸꾹질이 나왔다.

뿌꾹-!

그리고 어쩐지 그 모습이 안쓰러웠던 이안은, 선심 쓰는 척 한 마디 건네었다.

"음…… 뭐 그래도 지금 저쪽에 찾았다는 건 먹게 해 줄 테니까, 얼른 다녀 와. 더 멀리 가진 말고."

이안의 허락에, 시무룩했던 뿍뿍이의 표정이 대번에 환해졌다.

"주인아, 고맙뿍! 저것만 얼른 찾아 먹고 돌아오겠뿍!"

말이 끝나기가 무섭게, 뿍뿍이는 다시 걸음을 돌려 쪼르르 기어가기 시작했다.

뿍- 뿌뿍- 뿍-.

이안은 그 모습을 보며 피식 웃었다.

'어휴, 저 녀석만큼은 진짜 소환수를 키우는 느낌이 아니라 애완동물 기르는 느낌이라니까.'

세리아에게 뿍뿍이의 감시를 맡긴 이안은, 뿍뿍이에게서 시선을 떼고 다른 소환수들의 상태를 점검하기 시작했다.

'좋아, 카르세우스 브레스만 재사용 대기 시간 돌아오면 바로 다시 사냥이다!'

그리고 그렇게 5분 여 정도가 지났을까?

다시 전투를 시작하려는 찰나, 멀찍이서 당황한 세리아의 목소리가 들려왔다.

"영주님, 뿍뿍이가…… 뿍뿍이가 이상해요!"

"응?"

이안은 반사적으로 세리아가 있는 방향으로 고개를 돌렸다.

"무슨 일인데?"

"그, 그게. 이쪽으로 와 보셔야……!"

그런데 그때.

이안의 시야에 느닷없이 시스템 메시지가 몇 줄 떠올랐다.

띠링—!

—소환수 '뿍뿍이'가 영웅 등급의 마령초를 섭취하셨습니다.

—소환수 '뿍뿍이'의 '귀혼' 수련치가 7.12퍼센트만큼 증가합니다.

—현재 귀혼 레벨 : 99/숙련도 : 100.00퍼센트

—소환수 '뿍뿍이'의 귀혼 레벨이 올랐습니다.

—'뿍뿍이'의 귀혼 레벨 최대치(Max)가 되었습니다!

그리고 멀찍이 보이는 뿍뿍이의 등껍질에서, 푸른빛이 일렁이기 시작했다.

그 모습을 본 이안의 두 눈이 휘둥그레졌다.

'드, 드디어! 이 식충이가 진화를 하는구나!'

이안은 감격한 나머지 눈물이 찔끔 나오려고 했다.

'크으, 이 녀석을 지금까지 얼마나 고생하면서 키웠는데! 이런 게 장성한 자식 보는 부모의 마음인가.'

뿍뿍이가 들었더라면 극구 부정했을 만한 생각을 하며, 이안은 빛나는 뿍뿍이를 계속해서 응시했다.

우우웅—!

등껍질에서 새어 나오는 새파란 빛이 점점 강해졌고, 그럴수록 이안의 기대감은 점점 더 커져 갔다.

'어비스 드래곤이 되는 건가? 아니지. 어비스 드래곤은 여의주가 있어야 된다고 했으니, 그 전 단계인 귀룡이 되겠구나.'

그런데 그때, 이안은 뭔가 이상한 점을 발견했다.

'음? 근데 애는 왜 몸 전체가 안 빛나고 등껍질만 빛나는 거지?'

이안의 시선이 뿍뿍이를 꼼꼼히 살피기 시작했다.

'뭐지? 이 불안한 느낌은 대체……'

일반적으로 소환수가 진화를 할 땐, 처음부터 온몸이 빛나지는 않는다.

신체 일부 중 한곳으로부터 시작되어서 빛이 퍼지면서, 결국 몸 전체가 새하얗게 되는 것이 보통이다.

그런데 뿍뿍이는 등껍질 전체까지 퍼진 빛이 거기서 더 확장되지 않았다.

이안이 뿍뿍이의 옆으로 살금살금 다가가 귓속말을 건네었다.

뿍뿍이의 진화에 방해가 될까 싶어 말을 크게 하지도 못했다.

"뿍뿍아, 진화하는 중인 거니?"

지금까지 많은 소환수들을 진화시킨 이안이었지만, 진화하는 중인 소환수에게 말을 건 것은 처음이었다.

이안은 긴장한 표정으로 뿍뿍이의 답변을 기다렸다.

그런데 그때, 몸을 잔뜩 움츠리고 있는 뿍뿍이로부터 귀를 기울여야만 들을 수 있는 아주 작은 소리가 흘러나왔다.

뿍- 뿍- 뿌뿍-.

이안은 당황한 표정이 되었다.

"야, 너는 진화할 때도 뿍뿍거리는 거냐?"

뿍뿍이가 대답이 없자 안심한 이안은 고개를 돌렸다.

하지만 잠시 후, 이안은 표정이 구겨질 수밖에 없었다.

"뿍, 주인아, 무슨 소리 하는 거냐뿍? 나 진화 안 했뿍."

뿍뿍이의 대답과 함께 밀려오는, 이루 말할 수 없는 허탈감에 이안은 그대로 자리에 주저앉아 버렸다.

며칠 동안 쉬지 않고 사냥해서 쌓인 피로가 한 순간에 몰려오는 느낌이었다.

"후우, 뭐냐, 뿍뿍아? 진화하는 거 아니었냐?"

그에 입에 남아 있던 마령초를 오물오물 씹어 삼키며, 뿍뿍이가 대답했다.

"아직 아니다뿍. 그런데 이제 진화할 수 있을 것 같은 기분이 든다뿍."

그 순간, 허탈감으로 우울해져 있던 이안의 표정이 언제 그랬냐는 듯 거짓말처럼 밝아졌다.

"크으, 그래? 그렇지? 진화할 수 있는 거지?"

뿍뿍이가 고개를 끄덕였다.

"그렇뿍. 난 진화할 수 있뿍."

이안의 말이 곧바로 이어졌다.

"그럼 진화 안 하고 뭐하냐? 얼른 진화해라, 뿍뿍아."

그리고 뿍뿍이는 힘차게 고개를 끄덕였다.

"알겠뿍! 나만 믿어라뿍!"

하지만 이안 소환사 인생 최대의 기대주(?) 뿍뿍이가, 그렇게 쉽게 진화해 줄 리가 없었다.

이안의 시야에 느닷없이 시스템 메시지가 떠올랐다.

띠링-,

-소환수 '뿍뿍이'가 진화하기 위한 모든 조건을 충족했습니다.

여기까지는 좋았으나…….

-'어비스 터틀'의 진화 퀘스트가 발동합니다.

이안의 눈앞에 주르륵 하고 퀘스트 창이 하나 생성됐다.

띠링-.

수룡의 후예(히든)

당신의 소환수 '뿍뿍이'가 인고의 시간을 노력한 끝에 드디어 진화 조건을 모두 충족하였다.

수백 년이 넘게 자연의 기운을 모아 '귀혼'을 완성한 뿍뿍이는, 이제 '어비스 터틀'에서 '귀룡'으로 진화하고자 한다.

귀룡으로 진화하기 위해 필요한 마지막 열쇠인, '심연의 인장'을 찾아 '뿍뿍이'에게 전해 주자.

퀘스트 난이도 : 알 수 없음.

퀘스트 조건 : '어비스 터틀'을 보유한 소환술사 유저/'어비스 터틀'의 '귀혼' 레벨 Max

제한 시간 : 없음

보상 : 어비스 터틀 진화.

*거절하면 뿍뿍이가 실망합니다.

"……"

이안은 당황한 나머지 아무런 말도 나오지 않았다.

'아니, 이게 대체 뭐야? 뿍뿍이 이놈이 이젠 나한테 퀘스트도 줘? 아니지. 이놈이 퀘스트를 준 게 아니라 그냥 어비스 터틀을 진화시키려면 원래 거쳐야 하는 과정인 건가?'

거기다가 퀘스트 창 마지막에 달려 있는 한 줄의 문구가 가히 압권이었다.

'거절하면 뿍뿍이가 실망합니다, 라니…….'

이안이 고개를 돌리자 뿍뿍이가 똘망똘망한 눈으로 이안을 응시하고 있었다.

"주인아, 나 심연의 인장이 필요하다뿍."

이안의 입에서 낮은 한숨이 새어나왔다.

"후우, 그래. 이 형이 또 널 실망시킬 순 없지 않겠니?"

"그렇뿍. 주인은 날 실망시키지 않을 거다뿍."

이안이 두 눈을 게슴츠레 떴다.

'역시, 이놈이 퀘스트를 준 것 같은 느낌이…….'

이안은 천천히 고개를 끄덕이며 대답했다.

"그래, 그 심연의 인장인지 뭔지, 어떻게든 구해 보지 뭐. 혹시 알아? 경매장에라도 올라와 있을지."

뿍뿍이가 얄밉게 대답했다.

"그렇게 쉽게 얻을 수 없을 거다뿍."

"……."

어쨌든 좋은 게 좋은 거라고, 이안은 긍정적으로 생각하기로 했다.

'그래, 적어도 이번에는 퀘스트 보상에 뿍뿍이 진화라고까지 써 있으니까, 저 인장인지 뭔지를 구하기만 하면 이제 확실히 진화는 할 거야.'

허탈감이 조금 가라앉은 이안이, 혼잣말로 중얼거렸다.

"그나저나 심연의 인장은 대체 어디서 구해야 할까?"

그러자 이안의 옆에 둥둥 떠 있던 카카가 또랑또랑한 목소리로 입을 열었다.

"주인아."

"응?"

"그때 그 탐험가를 한번 찾아보는 건 어떨까?"

"탐험가라니, 그게 무슨 말이야?"

카카가 고개를 끄덕이며 말을 이었다.

"그때, 그 탐험가 있잖아. 주인이 천 년 전의 꿈을 꿀 수 있게 만들어 줬던…… 그 인간 중에 가장 뛰어나다는 탐험가."

카카의 말에 잠시 생각하던 이안은, 곧 손뼉을 탁 치며 일어섰다.

"아, 그래! 릴슨이라고 했었나? 그 사람이라면 심연의 인장에 대해 뭔가 아는 게 있을지도 모르겠어."

'탐험가' 클래스는, 직업 숙련도를 높이기 위해서라면 대륙 곳곳을 샅샅이 뒤지고 다니는 방랑벽에 걸린 이들이 대부분이었다.

그리고 그들 중 최고봉인, 랭킹 1위의 릴슨이라면, 물의 인장에 대한 정보도 알고 있을 것 같았다.

카카가 입을 열었다.

"어차피 그때 내가 가지고 나왔던 '유물'을 감정하기 위해 서라도 그는 꼭 한번 만나야만 한다, 주인아."

이안은 고개를 끄덕였다.

"그래, 어차피 한 번은 무조건 찾아가야 하는 인물이었어."

이안은 복잡해진 머릿속을 정리하기 시작했다.

'결국 릴슨이라는 유저가 뿍뿍이의 진화를 캐리해 줄 히든 카드가 되겠네.'

카카가 이안의 꿈속에서 가지고 나온 유물 또한, 어차피 '여의주보'의 위치가 담겨 있는 고대의 지도였다.

릴슨을 찾아가 고대의 지도를 감정하고, 그에게서 심연의 인장에 대한 정보를 알아낸다면 뿍뿍이를 단숨에 '어비스 드 래곤'까지 진화시킬 수 있을지도 모른다.

"그렇게만 되면, 정말 소원이 없겠는데……."

중얼거리는 이안의 앞에서 뿍뿍이가 고개를 갸웃거렸다.

"무슨 말을 하는 거냐뿍?"

이안이 고개를 저었다.

"아, 별것 아니야. 네게 줄 심연의 인장을 어떻게 찾아야 할지 고민하고 있었어."

뿍뿍이의 말이 이어졌다.

"역시 주인밖에 없뿍! 얼른 인장을 찾으러 가자뿍. 나 빨리 진화하고 싶뿍!"

이안의 발치까지 다가와 종아리에 머리를 부비며 재촉하는 뿍뿍이의 귀여운 모습에 그의 입에서 실소가 흘러나왔다.

"조금만 기다려, 짜샤. 그전에 먼저 가 볼 데가 있어."

뿍뿍이는 씩씩하게 대답했다.

"뿍, 알겠뿍!"

이안은 뿍뿍이의 머리를 한 번 쓰다듬어 주고는 퀘스트 정보 창을 열었다.

'어디 보자, 마롱 칼리파 퀘스트가 어디에 있었더라?'

이안은 릴슨을 찾아가기 전에 먼저 이리엘이 있는 사랑의 숲에 들를 생각이었다.

'히든 퀘스트를 두 번이나 놓칠 수는 없지.'

어찌 된 영문인지 알 수 없었지만, 따로 제한 시간이 없었음에도 마롱 칼리파 퀘스트는 실패하고 말았다.

하지만 다행히 그 퀘스트는 소멸하지 않고 다른 퀘스트로 바뀌었고, 열흘이라는 시간 제한이 붙었다.

'어디 보자…… 이제 한 사흘 정도 남았네?'

할 일이 많아진 이안이 서둘러 걸음을 옮기기 시작했다.

"으…… 이 던전, 뭐 이리 으스스한 거야?"

바로 엊그제.

레벨 180을 찍은 전사 클래스 최상위 랭커인 로플리는 중부 대륙 구석에 있는 고대의 던전을 돌고 있었다.

그리고 물론 그는 혼자가 아니었다.

중부 대륙 중앙 지역에서도 가장 강력한 몬스터들이 출몰한다고 알려진 던전이었기에, 아무리 180레벨이더라도 던전 솔플은 무리였다.

"그러게요. 우리 파티, 여기 벌써 다섯 번째 트라이하는 것 같은데 지금까지와는 뭔가 다른 느낌이에요."

파티의 유일한 사제 클래스인 헤리아의 말에, 파티원들은 다들 고개를 주억거렸다.

"음, 마치 마계로 가는 포털이라도 열릴 것 같은 음산한 분위기인데……?"

"마계요? 저는 오히려 공동묘지 같은데요. 좀비라도 나올 것 같은……."

어쩐지 사방에 으스스한 기운이 감돌고, 원래 누런빛을 띠고 있던 던전의 전체적인 색상이 불그스름해진 것 같은 착각이 들었지만, 일행은 사냥을 계속했다.

등장하는 몬스터들은 이전과 전혀 다를 바 없었기 때문이었다.

쾅- 콰쾅-!

"헤리아 님, 여기 힐 좀 주세요!"

"알겠어요, 잠시!"

"람플 님, 뒤쪽에 미라들 좀 처치해 줘요!"

"오케이!"

그리고 그렇게 사냥을 하며, 1시간여 정도가 정신없이 흘렀을까?

던전의 후반부에 있는 밀실에 들어선 일행은, 당황한 표정이 되었다.

"어? 여기 있어야 할 보스가 대체 어디 간 거지?"

"음? 이런 경우는 처음인데…… 분명 던전 리셋된 거 아니었나요?"

"그러니까요."

"혹시 전 타임 돌았던 파티가 보스만 쏙 빼먹고 나간 거 아닐까요?"

"그건 불가능해요. 그랬더라면 여기까지 올 동안 일반 몬스터들이 이렇게 멀쩡했을 리가 없잖아요?"

생각지 못했던 상황에 일행이 갈팡질팡 하고 있던 그때, 보스가 생성되어야 할 밀실의 한가운데서 뜬금없이 새빨간 기류가 형성되기 시작했다.

로플리는 당황한 표정이 되어 중얼거렸다.

"뭐지? 정말 내 말대로 마계 포털이라도 열리려는 건가?"

어쨌든 무슨 일이 벌어질지 몰랐기에, 일행 모두는 긴장한 채로 각자의 무기를 손에 쥐고는 붉은 기류를 응시했다. 잠시 후 그 붉은 기류는 거대한 악마의 형상을 만들어 가기 시작했다.

"뭐, 뭐야……?"

엄청난 위압감이 보스 룸 전체를 감쌌다.

그런데 그때, 밀실 한복판에 나타난 악마가 낮은 목소리로 천천히 입을 열었다.

ㅡ나약한 인간들이여.

일행은 슬금슬금 서로의 눈치를 봤다.

"저기…… 여기서 빨리 나가는 게 맞지 않을까요?"

"그, 그러게요. 저 하급 마수도 겨우 잡는데, 저건 무슨 마왕 같이 생겼는데…… 우리 파티 몰살당하겠어요."

그리고 악마의 말이 이어졌다.

ㅡ내게 영혼을 맡긴다면, 그대들에게 강력한 힘을 주겠노라.

이어서 일행의 시야에, 한 줄의 시스템 메시지가 떠올랐다.

띠링ㅡ.

ㅡ'악마의 서' 퀘스트가 발동됩니다.

ㅡ퀘스트를 성공한다면, 완전한 마족인 '진마'가 될 수 있으며, 퀘스트를 수락한 후에는 포기할 수 없습니다.

ㅡ퀘스트를 수락하시겠습니까? (Y/N)

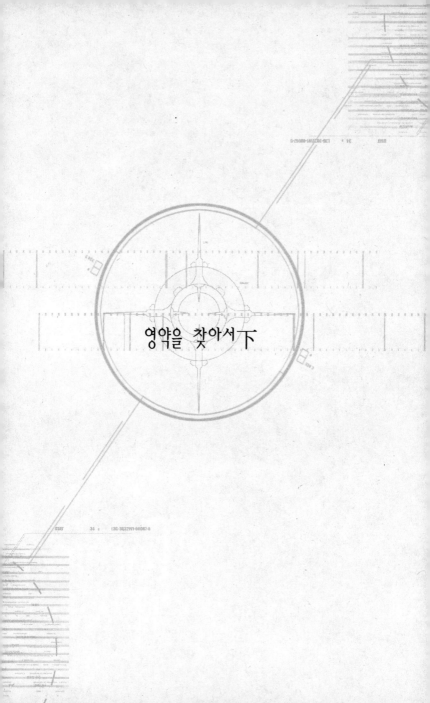

영약을 찾아서 下

Taming
Master

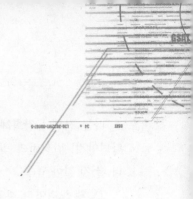

－앞으로 10분 뒤인 00시 00분에, 마계 서버가 전부 닫힐 예정입니다.

－서버가 닫히면 접속 중이시던 모든 유저 분들께서는 강제로 게임이 종료되오니, 미리 접속을 종료해 주시길 바랍니다.

－남은 시간 (00:09:58)

월드 시스템 메시지와 함께, 마계 서버 오프의 카운트다운이 시작되었다. 마계에 남아 있던 유저들은 그 10분 동안 마정석 한 개라도 더 얻기 위해 온 힘을 다해 사냥했으며, 카운트가 1분 정도가 남자 하나둘 로그아웃하기 시작했다.

"휴우, 조금 아쉽지만…… 그래, 이 정도면 충분히 많이 했어."

"맞아, 이 마정석만 다 팔아도 한동안 골드 걱정은 없을 거야."

"나는 전부다 강화해서 모든 장비 전부 풀 초월해서 갖고 다녀야지! 번쩍번쩍 빛나는 장비 들고 다니면 사냥할 맛도 더 날 것 같아."

그렇게 드디어 마계의 서버가 닫혔고…….

─마계의 서버가 닫힙니다.

─이 시간부로 마계로 이동할 수 있게 열려 있는 차원문은 모두 소멸되며, 당분간 더 이상 마계 콘텐츠를 이용하실 수 없습니다.

─또한 앞으로 12시간 뒤, 미리 공지되었던 총 네 군데의 위치에서 마계 몬스터 웨이브가 시작될 예정이오니, 유저 분들께서는 마계의 몬스터들을 상대하기 위해 만반의 준비를 해 주시길 바랍니다.

─남은 시간 (11:59:59)

마계 몬스터 웨이브가 열릴 시간이 공지되었다.

유저들은 저마다 참가할 몬스터 웨이브의 위치를 찾아 움직였고, 그 위치에 있는 몬스터 토벌대에 가입하여 자신의 아이디를 등록했다. 그렇게 다들 몬스터 웨이브에 참가하기 위해 정신이 없는 이 무렵, 이안은 몬스터 토벌대에 가입하는 대신 사랑의 숲으로 향하고 있었다.

"오랜만에 뵙네요, 이안 님."

이리엘의 거처에 도착한 이안은 멋쩍게 웃으며 그녀가 내민 손을 맞잡았다.

"그러게 말입니다. 그동안 좀 많이 바빴네요."

그리고 이안은 이리엘뿐 아니라 낯익은 얼굴 하나를 더 발견할 수 있었다.

"오, 그리퍼 님도 계셨군요!"

그는 바로, 오래 전 이안에게 많은 퀘스트를 주었던 차원의 마도사 그리퍼였다.

"오랜만일세, 이안. 그동안 몰라보게 성장한 것 같군."

이안이 만족스런 웃음을 지으며 고개를 끄덕였다.

"그동안 많은 시간이 지났으니까요."

이리엘이 이안을 향해 말했다.

"일단 앉죠. 해야 할 얘기가 많네요."

이안은 고개를 끄덕이며 자리에 앉았고, 그리퍼 또한 그들의 옆에 자리 잡고 앉았다.

"유감스럽게도, 마룡 칼리파가 깨어나고야 말았어요."

이리엘의 말에 이안이 고개를 끄덕이며 대답했다.

"그렇다고 하더라고요. 이번 차원 전쟁이 일어나게 된 것도 칼리파가 깨어났기 때문이라고 하고……."

이안의 말에, 이리엘과 그리퍼의 눈이 휘둥그레졌다.

"아니, 자네는 어떻게 그 사실을 아는 겐가?"

"그러게요? 이안 님이 그걸 대체 어떻게 아시는 거죠?"

이리엘은 이안을 마계로 보내 준 장본인이다.

하지만 그녀조차도 그 짧은 시간 안에 이안이 마계의 중심부까지 발을 들였을 것이라고는 상상할 수 없었다.

그녀는 이안이 마계 외곽에서 겉돌며 정보를 수집하는 정도가 다였을 것이라고 생각했고, 그렇기에 칼리파와 차원 전쟁의 연관성에 대해 알고 있는 것이 놀라울 수밖에 없었던 것이다.

이안은 쓴웃음을 지으며 입을 열었다.

"그러니까 그게 말이죠……."

이안은 그동안 마계에서 있었던 일들을 간결하게 요약해서 설명하기 시작했다.

'이렇게 마계에 대한 정보를 좀 뿌리면 뭔가 콩고물이라도 좀 떨어지겠지. 분명 둘 다 전설 등급 이상의 NPC들일 테니 말이야.'

그리고 이안의 활약상을 전부 들은, 두 NPC의 반응은 상상 이상이었다.

특히 이리엘은 경악을 금치 못했다.

"그러니까…… 이번에 부서진 소환마석 두 개 중 하나를 파괴한 게 이안 님께서 하신 일이라는 거죠?"

이안이 선선히 고개를 끄덕였다.

"그렇습니다. 제가 하나를 부쉈고, 하나는 마왕 레카르도 님이 부쉈죠."

두 개 전부 자신의 업적이라고 거짓말을 할까 잠시 고민했었지만, 조금 찔린 나머지 사실대로 이야기했다.

'NPC는 왠지 거짓말을 해도 다 알 것 같단 말이지.'

그리퍼가 상기된 표정으로 이안에게 말했다.

"오, 이안, 자네 내 예상보다 훨씬 더 뛰어난 인재였군! 이번에 소환마석 두 개가 파괴되었다는 얘기를 듣고, 어떻게 된 일인지 무척이나 궁금했었는데……."

이리엘도 감격한 표정이었다.

"전 그런 줄도 모르고 칼리파가 깨어날 때까지 연락이 없던 이안 님을 잠시 원망했었네요."

이안의 시야에 시스템 메시지가 떠올랐다.

띠링-.

-'이리엘'과의 친밀도가 20 만큼 상승합니다.

-'그리퍼'와의 친밀도가 10 만큼 상승합니다.

-차원의 마도사 '그리퍼'와의 친밀도가 이미 최상이기 때문에 추가 보상을 획득합니다.

이안은 아리송한 표정이 되었다.

'이건 뭐지? 추가 보상? 이럴 수도 있나? 그런데 추가 보상DMF 준다면서 왜 다른 메시지가 더 안 뜨는 거야?'

그렇게 이안이 의아해하고 있을 때, 그리퍼가 품속에서 무언가를 꺼내기 시작했다.

"자네가 지금껏 내가 알던 것보다 더욱 뛰어난 영웅인 것을 확인했으니, 이제 이 물건을 맡겨도 되겠어."

이안은 손을 내밀어 그리퍼가 건넨 작은 주머니를 받아 들었다.

그러자 추가로 메시지가 울려 퍼졌다.

띠링-.

-'차원의 구슬' 아이템을 획득하셨습니다.

'뭐지 이게? 차원의 구슬……?'

이안은 궁금한 나머지 곧바로 아이템의 정보를 확인했다.

차원의 구슬

분류 : 잡화　　　　　　　　　　　　**등급** : 전설

*이 구슬의 주인은 차원을 넘나들 수 있게 됩니다.
*특정 조건을 만족해야 구슬을 사용할 수 있게 됩니다.
*유저 '이안'에게 귀속된 아이템입니다.

"……."

아이템의 설명을 확인한 이안이 당황한 표정이 되어 그리퍼에게 물었다.

"그리퍼 님, 이거 어떻게 사용해야 하는 물건이죠?"

"그건 아마…… 때가 되면 알게 될 걸세."

"음?"

더 말해 봐야 그 이상 알려 줄 것 같지 않았기에, 이안은 일단 고개를 끄덕였다.

"무튼, 감사합니다. 그리퍼 님."

그리고 두 사람이 대화하는 동안 잠시 가만히 있던 이리엘이 천천히 입을 열었다.

"그래서 말인데요, 이안 님."

이안의 시선이 이리엘을 향해 돌아갔다.

"말씀하세요."

"칼리파를 저지하기 위해서, 이안 님께서 해 주셨으면 하는 일이 있는데……."

이안이 고개를 끄덕이기가 무섭게, 퀘스트 창이 주르륵 하고 떠올랐다.

아이템 창을 닫자마자 연속적으로 떠오르는 정보 창 때문에 이안은 정신이 빠지는 것 같았다.

띠링−.

'마룡 칼리파의 그림자 Ⅱ (히든)(연계)'

어찌 된 일인지, 마룡 칼리파가 예정보다 빠르게 봉인에서 풀려나 버렸다.
덕분에 천 년 전과 마찬가지로 차원 전쟁은 시작되어 버렸고, 이제 곧 칼리파를 비롯한 수많은 파괴마들이 차원을 넘어 공격해 올 것이다.
하지만 인간들은 천 년 전보다 나약해졌고, 파괴마들은 그때보다 더욱 강력해졌다.
그들을 막기 위해선, 고대의 지혜가 담긴 '전륜성왕轉輪聖王'의 칠보七寶중 하나인 '주병신보主兵臣寶'가 필요하다.
그리퍼가 여는 차원의 문을 통해 전륜성왕의 황성으로 들어가, 그의 일곱 가지 보물 중 하나인 주병신보를 빌려 오자.

퀘스트 난이도 : SSS	퀘스트 조건 : 알 수 없음
제한 시간 : 없음	보상 : 알 수 없음
*거절할 수 없는 퀘스트입니다.	

퀘스트를 전부 읽은 이안은 머리가 아파 오기 시작했다.

'이거 뭐지? 안 그래도 뿍뿍이도 진화시켜야 하고 할 일이 많은데……. 뭔가 스케일이 엄청난 퀘스트를 받아 버린 것 같단 말이지.'

그나마 다행인 점은 제한 시간이 없다는 부분이었다.

'퀘스트 난이도도 트리플S 등급이고…… 일단 이 퀘스트는 뿍뿍이를 진화시킨 다음에 해야겠어.'

언제 또 제멋대로 퀘스트가 실패했다며 이안의 뒤통수를 칠지도 모르는 일이었지만, 지금 이안에게 가장 급한 것은 뿍뿍이를 진화시키는 것이었다.

"알겠습니다. 제가 해 보도록 하죠."

이안의 대답에 그리퍼와 이리엘의 표정이 환해졌다.

"오, 역시. 자네라면 그렇게 대답해 줄 줄 알았네."

이안이 피식 웃으며 되물었다.

"제가 안 한다고 했어도 시키셨을 거잖아요."

그리퍼가 당황한 표정이 되었다.

"아니, 어떻게 그걸……!"

이안이 고개를 절레절레 흔들었다.

'어떻게 알았겠니. 거절할 수 없는 퀘스트라고 저렇게 떡하니 써 있는데……'

어찌 됐든, 또 하나의 스케일 큰 퀘스트를 받아 버린 이안은 한층 무거워진 마음으로 사랑의 숲을 나섰다.

"그럼, 준비가 끝나는 대로 마탑으로 오시게나."

대륙 동쪽 끝에 있는 그리퍼의 차원의 마탑을 말하는 것일 터.

이안은 고개를 끄덕이며 대답했다.

"알겠습니다, 그리퍼 님. 그럼 곧 뵙도록 하죠."

"알겠네."

사랑의 숲을 나선 이안이 다음으로 한 일은, 중부 대륙으로 향하는 것이었다.

'어디 보자, 공식 커뮤니티에 보니까 릴슨인지 뭔지, 그 탐험가 유저가 중부 대륙에 있다고 했지?'

이안은 망설임 없이 유저 검색을 하여 릴슨을 찾았다.

'다행히 나처럼 메시지를 차단해 놓진 않았네.'

이안은 피식 웃으며 릴슨에게 메시지를 보냈다.

-이안 : 안녕하세요, 릴슨 님. 제가 여쭤 볼 게 하나 있어서 연락드렸는데 혹시 지금 시간 좀 괜찮으신가요?

그리고 이안이 메시지를 보낸 뒤 채 5분도 지나지 않아서 릴슨의 대답이 돌아왔다.

　-릴슨 : 이안 님……? 혹시 그 유명한 소환술사 유저 이안 님이신
가요?

유명하다는 말에 멋쩍어진 이안이 뒷머리를 긁적이며 답
메시지를 보냈다.

　-이안 : 네, 뭐…… 유명한지는 잘 모르겠지만, 제가 소환술사 이안이
맞습니다. 카일란은 아이디 중복 생성이 안 되니까 저 말고는 이안이 없
을 듯하네요.
　-릴슨 : 오, 이안 님! 꼭 한번 뵙고 싶었습니다! 이안 님이라면 없던
시간도 만들어서 뵈어야지요!

이안은 릴슨의 격한 반응이 조금 부담스럽기는 했지만, 기
분이 나쁘지는 않았다.
'내가 좀 유명해지기는 했나 보네. 하긴…… 최초 업적 몇
개를 달성했는데 유명하지 않은 게 이상한 건가?'
어찌됐던 뿌듯해진 이안은, 릴슨에게 메시지를 보내어 만
나기 위한 약속 장소를 잡았다.

　-이안 : 릴슨 님 공식 커뮤니티에 보니까 지금 중부 대륙 쪽에 계신

것 같던데, 아직 거기 계신가요?

　─릴슨 : 오 마이 갓, 이안 님 제 개인 채널에 들어와 보신 건가요?

　─이안 : 그, 그런데요?

　─릴슨 : 크으으, 영광입니다! 저 당연히 아직 중부 대륙에 있죠! 아니, 제가 북부 대륙에 있건 어디 동부 대륙 변방에 있건, 중부 대륙으로 달려가겠습니다!

　─이안 : 아…… 가, 감사합니다. 어쨌든 지금 중부 대륙에 계신 거면, 파이로 영지 영주성으로 좀 와 주실 수 있을까요?

　─릴슨 : 물론입죠! 곧바로 그리로 가겠습니다!

　─이안 : 예, 그럼 1시간 뒤에 파이로 영지 영주성에서 뵙도록 하겠습니다.

　─릴슨 : 옙!

　왠지는 알 수 없었지만, 이안의 등줄기를 타고 한 줄기 식은땀이 흘러내리고 있었다.

　곧바로 파이로 영지로 이동한 이안은, 영주성 안에 있는 자신의 방에 들어갔다.

　'릴슨을 만나기로 한 시간까지 대충 45분 정도 남았네.'

　이안은 그때까지 할 일이 하나 있었다.

'크흐흣, 그동안 모아 놓은 마정석들을 펑펑 쓸 시간이군.'

이안은 그야말로 마정석 부자였다.

하급 마정석은 정말 셀 수 없이 많이 보유하고 있었으며, 중급 마정석도 거의 천 단위에 육박할 정도로 모아 놨다.

게다가 이번 퀘스트를 통해서 상급 마정석까지 서른 개나 얻은 상태.

상급 마정석은 지금껏 수많은 마수들을 사냥하면서도 구경조차 한 적 없는 물건이었기에, 이안의 표정은 무척이나 상기되어 있었다.

이안은 자리를 잡고 앉아서 장비들을 하나씩 꺼내 놓고 작업을 시작했다.

"가잣! 오늘 최소 15강은 찍을 테다. 2차 초월 뚫고 바로 3차 초월까지 간다!"

이안의 장비 중 가장 강화가 높은 것은, 현재 +9강까지 되어 있는 정령왕의 심판이다.

게다가 다른 장비들도 7~8강까지 되어 있었기 때문에, 적어도 모든 무기를 10강까지는 만들 예정이었다.

사실 여기까지는 기정사실이라고 봐도 무방했다.

+10강까지는 하급 마정석으로 가능한 수치였고, 하급 마정석은 정말 써도써도 끝이 없을 정도로 많았기 때문이었다.

아무리 확률이 극악이여도 실패하기가 힘들 정도의 상황인 것이다.

'그리고 총 팔백 개 정도 있는 중급 마정석으로 장비 최소 두어 개 정도는 +15강까지 만들 수 있을 테지.'

그 다음 15강이 되었을 장비에 상급 마정석도 몇 개 정도 써 보는 것이 이안의 목표였다.

"후우읍!"

이안은 심호흡을 한 뒤 마정석을 열심히 바르기 시작했다.

그리고 그렇게 40분이라는 짧고도 긴 시간이 순식간에 지나갔다.

"후우……."

파이로 영주성 구석 어딘가에서 울려 퍼지는 깊은 한숨 소리.

이안은 퀭한 표정으로 탁자에 있는 장비들을 훑어보았다.

'아니, 어떻게 중급 마정석 팔백 개를 다 쓸 때까지 3차 초월 장비가 하나도 안 뜰 수가 있는 거지?'

이안은 슬픔에 잠긴 표정을 하고 있었다.

끝도 없이 많은 듯 보였던 마정석들은 처음 생각했던 것보다 훨씬 빠르게 증발해 버렸고, 결과는 애초에 이안이 예상했던 것보다 훨씬 저조했다.

"13강 네 개, 12강 하나. 그나마 제일 잘 띄운 게 14강짜리 정령왕의 심판인데…….”

이안이 내심 기대했던 것은, 모든 장비의 3차 초월이었다.

그것이 가능할 수도 있다고 생각했던 차에 단 하나의 장비도 3차 초월을 하지 못했으니, 허탈할 수밖에 없는 것이었다.

‘이대로는 곤란한데…….’

사실 곤란할 것은 없었다.

현재 카일란에는 2차 초월 장비도 손가락에 꼽을 정도였으니까.

지금 공식 커뮤니티에 올라온 장비 중 가장 높은 강화 장비가 11강 장비인 것을 생각한다면, 이안의 아이템은 초호화라고 할 수 있다.

하지만 이안은 만족하지 못했다.

그리고 그의 시선이 슬쩍 방구석으로 향했다.

어지간하면 쓰지 않으려 했었던, 서른 개의 상급 마정석.

그것이 이안의 동공을 가득 채웠다.

‘기왕 이렇게 된 거…… 확 다 질러 버려?’

상급 마정석은 16강부터 20강.

즉 4차 초월 아이템을 만드는 데 써야 하는 강화석이었다.

하지만 3차 초월이 되지 않은 아이템이라고 해서 쓸 수 없는 것은 아니었다.

단지 강화 효율이 좋지 않을 뿐이다.

마정석의 등급이 하나 올라가면 거의 수십 배의 가격 차이가 나는 이 시점에서 이안의 이 생각은 너무도 위험한 것이었다.

하지만 이안은 이미 이 위험한 도박에 꽂혀 버렸다.

'그래, 인생 뭐 있어? 확 다 질러 보자.'

이안은 부들부들 떨리는 손으로 마정석을 집어 들었다.

"가잣!"

이안은 두 눈을 질끈 감았다.

그리고 정령왕의 심판이 놓인 탁자 앞에 선 이안은 상급 마정석을 한 번에 전부 쏟아 넣어 버렸다.

-'정령왕의 심판' 아이템을 강화하는 데 실패하셨습니다!

-'정령왕의 심판' 아이템의 강화 등급이 +13강으로 떨어졌습니다.

-'정령왕의 심판' 아이템을 강화하는 데 성공하셨습니다!

-'정령왕의 심판' 아이템이 +13강에서 +14강으로 강화되었습니다.

-'정령왕의 심판' 아이템을 강화하는 데 성공하셨습니다!

-'정령왕의 심판' 아이템이 +14강에서 +15강으로 강화되었습니다.

-유저 '이안' 님이 +15강에 성공하여, 3차 초월 등급 장비를 획득하셨습니다.

이안은 시스템 메시지에 떠오른 3차 초월에 성공했다는 메시지를 확인한 후, 조금 편해진 마음으로 눈을 감아 버렸다.

'그래도 이 정도면 본전치기는 한 거겠지!'

일단 초월까지 성공하고 나면, 어지간해서는 그 아랫 단계의 강화 등급으로 떨어지지 않는다.

그렇기에 이안이 조금 안심할 수 있었던 것이었다.

눈을 감은 채 결과조차 확인하지 않고 계속해서 상급 마정석을 집어다가 정령왕의 심판에 발랐다.

그런데 잠시 후, 이안은 뭔가 이상한 것을 느꼈다.

'음? 왜 마정석이 안 써지지? 내가 숫자를 잘못 세었나? 아직 서너 개 정도는 남았을 텐데…….'

이안은 질끈 감고 있던 눈을 조금씩 떴다.

그리고 조심스레 시스템 메시지를 확인했을 때, 그는 놀라서 바닥에 주저앉을 뻔했다.

─유저 '이안'님이 +20강에 성공하여, 4차 초월 등급 장비를 획득하셨습니다.

─20강 이상의 무기에는 더 이상 상급 마정석을 사용하실 수 없습니다.

─최초로 4차 초월 무기를 제작하셨습니다!

─명성이 30만 만큼 증가합니다.

황금빛으로 번쩍이는 시스템 메시지.

그리고 그의 눈앞에 휘황찬란한 광채를 내뿜으며 두둥실 떠 있는 정령왕의 심판까지…….

이안은 두 눈으로 보고도 지금의 현실이 믿기지 않았다.

'뭐, 뭐야? 정말 고작 서른 개로 20강까지 떠 버린 거야?'

이안은 지나간 시스템 메시지들을 주르륵 읽어 보았다.

그리고 어떻게 된 건지 알 수 있었다.

'마지막에 대박이 터졌어! 무려 한 번에 3단계가 강화됐잖

아!'

이안은 지금 날아갈 것 같은 기분이었다.

'강화 결과나 한번 확인해 볼까?'

강화 결과

공격력 : 5,278~5,815 → 5,460~6,015
모든 전투 능력 +435 → 모든 전투 능력 +450
통솔력 +580 → 통솔력 +600
친화력 +435 → 친화력 +450

"……."

이안은 강화된 정령왕의 심판의 성능을 확인하고는, 그 자리에서 굳어 버렸다.

그야말로 말도 안 되는 수치였기 때문이었다.

'미친, 처음 강화하기 전 정령왕의 심판 공격력이 분명 2천 남짓이었는데…….'

노강 정령왕의 심판의 공격력은 정확히 2,005였다.

그런데 20강이 된 지금, 6천이 넘는 괴물 같은 수치가 탄생해 버린 것이다.

'행성 파괴 무기다 이건!'

이안은 허공에 두둥실 떠 있는 정령왕의 심판을 덥석 잡았다.

지금 이안의 눈앞에 있는 이 무기는, 모르긴 몰라도 계정 귀속이 아니었다면 어지간한 강남의 집 한 채보다 비싸게 팔릴 만한 아이템이었다.

'크으으, 지금 기분 같아서는, 발록도 1:1로 사냥할 수 있을 것만 같아!'

물론 그럴 수 있을 리는 없었지만, 지금 이안의 정령왕의 심판은 전 서버 지존급의 무기임이 틀림없었다.

공식 커뮤니티 명예의 전당에 올라가 있는 무기들의 공격력이 6천은커녕 4천이 되는 것도 없다는 사실을 봤을 때, 그것은 거의 확실했다.

게다가 이 정령왕의 심판은 셀라무스 전사의 추가 퀘스트까지 완료하고 나면 더 상위 아이템으로 진화시킬 수 있는 진화형 전설 무기였다.

이안은 무려 세 개나 남은 상급 마정석들을 고이 인벤토리에 모셔 두고는, 콧노래를 흥얼거리며 방문을 나섰다.

"좋아, 이제 릴슨을 만나러 가 볼까?"

그 어느 때보다 행복감이 충만해진 이안이었다.

분명히 치킨 한 마리를 시켰는데, 닭다리가 세 개 이상 나오면 바로 이런 기분일까.

한편, 이안은 까맣게 모르고 있었지만, 방금 전 떠오른 월드 메시지 때문에 카일란 중부 대륙에 있던 모든 유저들은 난리가 나 있었다.

4차 초월 아이템이 등장했다는 사실이, 월드 메시지로 떠올랐기 때문이다.

　카일란 본사의 고객 센터에 근무 중인 이 대리는, 갑자기 밀려드는 수백 통의 전화 때문에 정신이 혼미해질 지경이었다.
　"예? 뭐라고요? 뭐가 버그라고요?"
　-그 이안 님이 만들었다는 4차 초월 무기 그거 버그 무기 아닌지 확인 좀 해 달라고요.
　"네? 그럴 리가 없습니다. 저희 카일란의 시스템은……."
　-아니 이 사람아, 답답하네 정말. 그거 분명히 버그 플레이로 얻은 무기 맞다고요. 지금 시점에 4차 초월 무기가 나온다는 게 말이 안 돼. 남들은 1차 초월 무기도 간신히 만들고 있고, 지금 2차 초월 무기면 지존급이라고 평가받는데, 3차도 아니고 4차 초월 무기라니요.
　하지만 고객센터의 상담원에 불과한 이 대리가 대답해 줄 수 있는 부분은 딱히 없었다.
　'아, 제기랄! 나보고 대체 어쩌라고! 나도 모른단 말이야!'
　이 대리는 이를 부득부득 갈았다.
　'이안인지 뭔지 이 자식은 지난번엔 기획 팀 혼을 쏙 빼 놓더니, 이번에는 상담센터에 불을 지르네, 아오!'
　그래도 뭔가 대답은 해야 했기에, 이 대리는 거의 울먹이며 말했다.

"우, 운이 좋았나 보죠."

-운이라니. 이 사람이! 이런 버그 플레이를 그냥 두는 건 유저 농락이야! 알아?

이 대리는 어쩔 수 없이, 울며 겨자 먹기로 대답해야만 했다.

"아, 알겠습니다, 고객님. 조속히 확인해 보겠습니다."

-후우, LB사 이놈들 일 제대로 안 하는구먼!

역정을 낸 유저는 전화를 탁 끊어 버렸고, 이 대리는 맥이 탁 풀려 버렸다.

"제기랄, 이안 그놈은 대체 뭐하는 놈이야?"

하지만 이안은 열심히 게임만 하는, 그저 선량한 유저일 뿐이었다.

방금 자신이 무슨 일을 저지른 것인지 제대로 인지를 못 하고 있는 이안은, 난리가 난 이 시점에 릴슨을 만나고 있었다.

"안녕하세요, 릴슨 님이신가요?"

릴슨을 발견한 이안은 반갑게 인사를 했고, 그에 고개를 휙 돌린 릴슨은 뭐에 홀리기라도 한 표정으로 정신없이 다가와 이안의 손을 잡았다.

"바, 반갑습니다, 이안 님. 제가 바로 릴슨입니다."

"하, 하하, 반가워요. 이렇게 시간 내 주셔서 정말 감사드립니다."

이안은 릴슨에게 자리를 권했다.

"자, 이쪽으로 앉으실까요?"

하지만 릴슨은 자리에 앉는 대신, 이안을 향해 쏘아붙이듯 물어봤다

"그, 그런데 이안 님, 방금 전에 월드 메시지 뜬 거 봤는데……."

"네?"

"정말 방금 4초월 무기를 띄우신 건가요?"

그 말에 이안은 멋쩍은 표정이 되었다.

'아, 맞다. 최초 강화 성공이라 월드 메시지가 떴었지?'

이안은 고개를 끄덕이며 대답했다.

"네, 그런데요?"

릴슨은 감격에 찬 표정으로 다급하게 물었다.

"호, 혹시 그 무기 한번 볼 수 있을까요?"

릴슨은 탐험가였다.

탐험가는 고대 유물이나 역사서, 특수한 아이템뿐만 아니라, 다른 유저들보다 뛰어난 장비들에 대한 관심도 더욱 높았다.

그렇기에 릴슨은, 최초로 만들어진 행성 파괴 무기를 꼭 두 눈으로 확인하고 싶었다.

이안은 스스럼없이 4초월에 성공한 정령왕의 심판을 꺼내어 릴슨에게 내밀었다.

"여기 있습니다."

휘황찬란하게 빛나는 행성 파괴 무기의 광채에, 릴슨은 황홀한 표정이 되었다.

"오, 이것이 바로 그……!"

릴슨이 손을 내밀자, 이안이 피식 웃으며 고개를 저었다.

"받아 보실 수는 없습니다. 이거 계정 귀속 아이템이라서요."

"아, 그렇군요……."

그 후로도 잠시 동안 릴슨의 성화에 시달린 이안은, 거의 20분여 정도가 지나고서야 본론으로 들어갈 수 있었다.

"저기, 릴슨 님. 제가 릴슨 님께 부탁드리고 싶은 게 하나 있는데……."

"아, 뭐든 말씀하세요! 제가 들어드릴 수 있는 부분이라면 무조건 도와드립니다!"

이안은 릴슨의 그 과장된 표현이 싫지 않았는지, 실소를 머금으며 대답했다.

"감사합니다. 그럼 잠시……."

그리고 이안은 인벤토리를 열어 구석에 넣어 두었던 낡은 양피지 조각을 꺼내어 들었다.

그것은 바로, 뿍뿍이를 어비스 드래곤으로 만들어 줄 '여의주'의 위치가 담겨 있는 지도였다.

릴슨의 두 눈이 살짝 커졌다.

"이게…… 뭔가요?"

이안이 낮은 목소리로 대답했다.

"제게 꼭 필요한 물건의 위치가 담겨 있는 지도입니다. 고대의 유물이라 제 능력으로는 아이템 감정이 불가능해서요."

그리고 이안의 짧은 설명에, 릴슨은 곧바로 이해가 되었는지 고개를 끄덕였다.

"아, 어떤 유물인지 봐야 할 것 같기는 하지만, 굉장히 흥미롭네요. 한번 건네줘 보시겠어요?"

릴슨의 말에 이안은 두 말 없이 양피지를 꺼내어 릴슨에게 건네었다.

릴슨은 그것을 받아들며 속으로 생각했다.

'으음…… 잘하면 유일 등급 정도는 되는 유물일 수도 있으려나? 일반 유저라고는 해도 이안 님 정도의 레벨인 유저가 감정이 불가능할 정도면 제법 등급이 높다는 이야긴데…….'

이안은 이제 200레벨도 넘은 초고레벨 유저였다.

100레벨 언저리인 릴슨과는 거의 두 배가 차이나는 수치.

하지만 릴슨은, 이안이 건네주는 유물에 대해 큰 기대는 하지 않았다.

높은 등급의 유물을 발굴하는 데에는, 캐릭터 레벨의 수준보다도 탐험가 직업 숙련도가 훨씬 중요했기 때문이다.

릴슨은 다소 심드렁한 표정으로 이안에게 양피지를 건네받았다.

'어디 한번 볼까?'

이안의 고민을 뚝딱 해결하고 그에게 칭찬받을 생각에 잠시 들뜬 릴슨이었다.

하지만 잠시 후, 그는 당황할 수밖에 없었다.

'뭐야, 전설 등급이라고?'

릴슨은 지난번 처음으로 전설 등급의 유물을 감정하는 데 성공했다.

덕분에 이안에게는 보이지 않았던 유물의 단편적인 정보가, 높아진 감정 레벨로 인해 보이게 된 것이었다.

'여의보도如意寶圖/분류 : 잡화(유물)/등급 : 전설

"……."

릴슨이 멍한 표정으로 있자, 이안이 그에게 물었다.

"왜 그러세요? 무슨 문제라도……?"

릴슨이 허둥거리며 대답했다.

"이 물건…… 대체 어떻게 얻으신 겁니까? 탐험가 클래스가 아니라면 절대로 얻은 수 없는 전설 등급의 유물인데."

이안은 어깨를 으쓱해 보였다.

"글쎄요. 어쩌다 보니……."

어찌 되었든, 릴슨은 횡재한 기분이었다.

'크으, 이게 웬 떡이냐. 전설 등급의 유물을 감정한 지 얼마나 지났다고 또 이렇게 전설 유물이 제 발로 굴러들어오다니!'

탐험가 레벨이 카일란 최고 수준인 릴슨에게도, 전설 등급 유물의 감정으로 얻을 수 있는 경험치는 어마어마했다.

그렇기에 이렇듯 기쁜 것이었다.

릴슨은 이안에게서 받은 유물을 잠시 만지작거리더니 탁자에 올려놓고는 말했다.

"저기, 이안 님."

"네?"

"잠시, 경매장 좀 다녀올게요."

이안은 의아한 표정으로 물었다.

"경매장에는 왜요?"

"아, 아이템 감정석을 좀 구입해 오게요."

"그거라면 저도 많이 가지고 있는데……."

릴슨이 고개를 저었다.

"일반 감정석으로는 안 되어서요. 최상급 감정석이 있어야 해요. 잠시만 기다리시면……."

하지만 이안은, 릴슨의 말이 끝나기도 전에 최상급 감정 주문서를 한 다발 꺼내어 릴슨의 앞에 내 놓았다.

"자, 여기요."

그리고 릴슨은 당황한 표정이 되었다.

"이, 이 비싼 걸 이렇게나 많이⋯⋯!"

최상급 감정석은, 한 개에 3만 골드 정도에 팔리는 고가의 소모품이었다.

릴슨은 이안 덕분에 탐험가 경험치를 올릴 수 있으니, 그에 대한 보답으로 감정석을 자비로 구입하려 했었던 것.

하지만 이안이 이렇게 불쑥 감정석을 내밀어 보이자 얼떨떨한 표정이 된 것이었다.

-'최상급 아이템 감정석'×300을 획득하셨습니다.

릴슨은 덜덜 떨리는 손으로 감정 주문서를 받았다.

'사, 삼백 개? 이거면 거의 900만 골드잖아? 이걸 이렇게 선뜻 준다고? 내가 이거 받아들고 로그아웃해 버리면 어쩌려고 그러지?'

릴슨에게 900만 골드는 적지 않은 돈이었다.

하지만 하급 마정석만 몇 뭉텅이 팔면 메워지는 돈이었기에, 이안의 입장에서는 별로 부담되는 수준이 아니었다.

이안이 릴슨에게 물었다.

"이 정도면 가능하겠죠? 전설 등급의 유물 감정에 최상급 감정석이 엄청 들어간다고 하더라고요. 그래서 좀 넉넉히 구입해 놨는데⋯⋯."

"넉넉하죠! 분명히 많이 남을 겁니다. 최대한 빨리 감정을 성공시키고 돌려드리겠습니다."

릴슨의 말에 이안이 고개를 저으며 피식 웃었다.

"남은 감정석은 릴슨 님이 전부 가지세요."

"저, 정말요?"

"수수료라고 생각하시면 됩니다."

잠시 고민하던 릴슨이 이안의 눈치를 보며 슬그머니 대답했다.

"말씀…… 무르시기 없깁니다."

유물 감정에 대한 릴슨의 의욕이 더욱 더 불타오르기 시작했다.

한편, 파이로 영주성의 최상층에 있는 작은 회의실.

오랜만에 오인 세 남자가 원탁에 둘러앉아 진지한 얘기를 나누고 있었다.

"그러니까, 여기랑 여기. 두 군데서 몬스터 웨이브가 열리면, 늦어도 일주일 안에는 우리 영지까지 여파가 미칠 거라는 말이지?"

카윈의 말에, 헤르스가 고개를 끄덕였다.

"그렇지. 공식 홈페이지에 공지된 몬스터 웨이브 난이도로 봐서는 첫 번째 난이도까진 토벌군에 의해 어느 정도 막힐 거야. 우리 영지까지 웨이브가 넘어와 봐야, 여기저기서 새어 나온 잔챙이들 몇몇 정도가 전부겠지. 하지만 2차 웨이브부터는 얘기가 다를걸?"

클로반이 헤르스를 향해 물었다.

"야, 나도 그거 공지 쭉 읽어 봤는데, 두 번째 웨이브가 1차 웨이브에 비해 바뀌는 건, 고작 중급 마수들 정도던데. 중급 마수가 그렇게 강력해?"

헤르스가 천천히 고개를 끄덕였다.

"네, 형. 중급 마수는 하급 마수랑 전투력 자체가 완전히 달라요. 제가 체감하기로는 같은 레벨일 때 거의 한 배 반에서 두 배 정도는 더 강력했던 것 같은데……."

"크음…… 그렇단 말이지?"

이 세 사람 중 중급 마수가 등장하는 마계 구역까지 경험해 본 것은 헤르스가 유일했다.

그렇기에 헤르스의 정보에 의존하여 몬스터 웨이브의 난이도를 판단하는 것이었다.

그렇게 세 사람은, 한참 동안이나 몬스터 웨이브에 대한 대비책에 대한 회의를 했다.

그리고 그러던 도중, 문득 카윈이 뭔가 생각났다는 듯 불쑥 입을 열었다.

"그런데 헤르스 형."

"응?"

"요즘 이안 형 뭐 하고 사는 거야? 아니, 살아는 있는 거야? 파이로 영지에는 코빼기도 잘 안 비추던데."

헤르스가 피식 웃으며 대답했다.

"뭐, 마계에 대한 정보는 꼬박꼬박 보내 오고 있으니까 살아는 있겠지 뭐."

클로반이 고개를 절레절레 저으며 중얼거렸다.

"몬스터 웨이브가 시작되기 전에는, 그 녀석도 이쪽으로 와 있는 게 좋을 것 같은데……."

로터스 길드는 어느새 겉으로 드러난 전력만으로 6~7위 정도를 다투는 초거대 길드가 되었다.

이안이 신경 쓰지 않는 동안에도, 헤르스와 피올란을 필두로 지속적으로 영지들을 관리한 덕에 무럭무럭 성장한 것.

하지만 이렇게 거대 길드가 되었음에도, 로터스 길드에는 이안의 존재감이 무척이나 컸다.

로터스 길드가 여기까지 커진 데에 가장 큰 영향력을 행사한 것은 누가 뭐래도 이안이었기 때문이었다.

헤르스는 물론, 클로반이나 카윈, 피올란을 비롯한 로터스 길드의 수뇌부들은 이안이 얼른 퀘스트를 전부 마치고 돌아와 다시 길드를 이끌어 주었으면 좋겠다고 생각하고 있었다.

헤르스가 클로반을 향해 슬쩍 웃어 보이며 입을 열었다.

"조금만 기다려 봐요, 형. 그렇지 않아도 며칠 내로 영지 한번 들른다고 했었어요."

클로반이 투덜거렸다.

"짜식이, 마계에서 그렇게 날리고 있으면 형님한테도 한

번씩 찾아와서 마정석도 좀 나눠 주고 그래야지, 어? 정 없
는 녀석 같으니라고."

카원이 옆에서 맞장구쳤다.

"그러니까, 내 말이! 자기는 무슨 4초월 무기? 말도 안 되
는 걸 만들어 놓고!"

잠시 이안의 뒷담화를 나눈 세 사람은, 다시 몬스터 웨이
브에 대한 대비책에 대해 이야기하기 시작했다.

그들이 있는 바로 아래층에 이안이 떡하니 앉아 있는 것도
알지 못한 채로.

　－'여의보도' 유물의 감정을 실패하셨습니다.

　－최상급 감정석을 한 개 소모하셨습니다. (남은 감정석 : 일흔일곱 개)

　－'여의보도' 유물의 감정을 실패하셨습니다.

　(중략)

　－최상급 감정석을 한 개 소모하셨습니다. (남은 감정석 : 열다섯 개)

감정석 개수가 하나하나 줄어 갈 때마다, 릴슨의 표정은
점점 창백해졌다.

'이, 이러면 안 되는데! 아니, 지난 번 전설 유물 감정할 때
도 최상급 감정석 백이십 개 정도 들어갔던 것 같은데, 이 물
건은 대체 뭔데 삼백 개가 다 되 가도록 감정이 안 되는 거야?'

하지만 다행히도, 감정석이 일곱 개 쯤 남았을 때 이안에게서 받은 '여의보도'에서 찬란한 빛이 뿜어져 나오기 시작했다.

띠링-!

-'여의보도'의 감정에 성공하셨습니다.

-탐험가 경험치가 1,272,500만큼 상승합니다.

-'유물 감정' 스킬의 숙련 경험치가 331,512만큼 상승합니다.

-'유물 감정' 스킬의 레벨이 고급 9레벨에서 고급 10레벨로 상승합니다.

-전설 등급의 유물 감정에 성공하여, 명성을 10만 만큼 획득합니다.

릴슨에게는, 감정에 성공한 전설 등급의 유물보다도 고작 일곱 개 남은 감정석이 먼저 눈에 들어왔다.

'으…… 아쉽다. 좀 많이 남겨먹을 수 있을 줄 알았는데.'

이미 한 번 전설 등급의 유물 감정에 성공하면서 감정 레벨도 많이 올랐기 때문에, 이번 전설 유물은 쉰 개 정도의 감정석이면 성공할 줄 알았던 릴슨이었다.

이백오십 개의 감정석을 남겨서 750만 골드를 꿀꺽하려고 했던 릴슨의 원대한 꿈은, 이렇게 21만 골드로 다운그레이드되고 말았다.

릴슨은 감정에 성공한 여의보도를 들어 이안에게 넘겼다.

감정이 끝난 고대 유물의 경우 내구도가 무척이나 약하기 때문에 그의 손짓은 무척이나 조심스러웠다.

"여기요, 한번 확인해 보세요."

아이템의 정보가 무척이나 궁금한 릴슨이었지만, 그래도 유물의 주인인 이안이 내용을 확인하는 것이 먼저였기에 미리 정보를 확인해 보지는 않았다.

"감사합니다!"

릴슨에게 '여의보도'를 받은 이안은, 서둘러 아이템의 정보 창을 열어 보았다.

여의보도

분류 : 잡화(유물)   **등급 : 전설**

*지니고 있는 이에게 복을 가져다주며, 악을 제거하고 재난을 없애는 신묘한 영물인 여의주.

이무기가 천룡으로 승천하기 위해 필요한 보물이기도한 이 여의주는, 본래 전륜성왕이 소유하고 있던 '일곱 가지 보물' 중 하나인 주보珠寶였다.

전륜성왕은 자신의 일곱 보물의 위치가 담긴 보도寶圖를 만들어 그가 가장 아끼던 일곱 신하에게 각각 맡겼는데, 이 여의보도가 바로 그 일곱 장의 보물지도 중 하나이다.

*유저 '이안'에게 귀속된 아이템입니다.

*아이템을 사용하시면, 여의주의 위치가 표시되어 있는 지도를 확인하실 수 있습니다.

아이템의 정보를 읽어 내려가던 이안이 인상을 살짝 찌푸렸다.

'이게 뭐야? 뭔 어려운 말이 이렇게 많아?'

이안은 어려운 한문이 잔뜩 쓰여 있는 위쪽 설명을 대충 읽고는, 맨아래쪽에 쓰여 있는 두 줄로 시선을 옮겼다.

'그러니까…… 이 지도를 사용해서 여의주가 어디 있는지 보면 된다는 거잖아?'

이안은 툴툴거리며 곧바로 보물지도를 사용했다.

'자, 이제 여의주가 어디 있는지 한번 보실까?'

그리고 이안의 앞에 펼쳐진 거대한 카일란 모든 대륙의 전도全圖.

하지만 잠시 후, 이안은 무척이나 당황한 표정이 될 수밖에 없었다.

"아니, 이게 뭐야?"

당황한 이안의 목소리에, 옆에 있던 릴슨이 흠칫 놀라서 물었다.

"왜 그러세요? 무슨 문제라도……?"

"아니, 아니 그런 게 아니고……."

이안은 눈앞에 떠오른 지도를 다시 한 번 꼼꼼히 살폈다.

'뭐야, 이거 짝퉁이었어?'

하지만 지도의 어디에도 여의주가 있는 위치는 표시되어 있지 않았다.

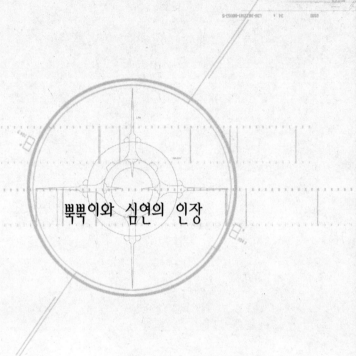

뿡뿡이와 심연의 인장

Taming
Master

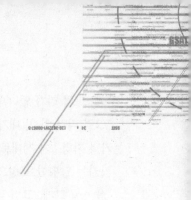

이안은 허탈감에 빠졌다.

'아…… 뿍뿍이 진화는 또 이렇게 멀어져 가는 건가.'

그리고 그의 뒤쪽에 둥실둥실 뜬 채로 두 눈을 꿈뻑이는 카카를 향해 고개를 홱 돌렸다.

"야, 카카."

"왜 부르냐, 주인아."

"이거 짝퉁이잖아!"

"무슨 말이냐?"

이안이 험악한 표정으로 다그쳤다.

"네가 가져다 준 이 지도! 짝퉁이라고!"

이안의 말에 카카는 고개를 갸웃거렸다.

"그, 그럴 리가 없다."

"그럴 리가 없긴! 내가 방금 지도 열어 봤는데, 여의주 위치는커녕 지명조차 제대로 표시되 있지 않은 이상한 지도였어."

카카는 당황한 표정으로 중얼거렸다.

"음…… 그게, 그럴 리가 없는데, 분명 확실한 보물지도가 맞는데……."

카카는 작은 날개를 펄럭이며 이안의 앞으로 날아와 손을 내밀었다.

"나한테 한번 줘 봐라, 주인아. 내가 한번 확인해 본다."

"그러든가."

릴슨은 기이한 두 주종의 대화를 멍한 표정으로 구경하고 있었고, 카카는 이안에게 지도를 받아 들어 구석구석 확인하기 시작했다.

그리고 잠시 후, 카카가 이안에게 지도를 넘겨주며 말했다.

"주인아."

"응?"

"지도에 여의주의 위치가 표시되지 않는 이유를 알았다."

이안의 두 눈이 살짝 커졌다.

"이유가 뭔데?"

"왜냐면, 여의보주는 이 시대의 물건이 아니기 때문이다."

"이 시대의 물건이 아니라고?"

"그렇다. 그러니 이 지도에 표시될 리가 없지."

이안은 어이가 없는 표정이 되었다.

'아니, 이 시대의 물건이 아니면 대체 어떻게 구하라는 거야?'

그리고 당황스러운 부분은 또 있었다.

"그래, 이 시대의 물건이 아니라고 쳐. 그런데 저 지도는 여의주가 존재하던 시대에 만들어진 물건이잖아? 그럼 저 지도에 표시는 되어 있어야지."

이안의 말에, 카카는 고개를 저었다.

"아니, 이 지도는 평범한 지도가 아니다."

"음?"

"지도의 주인이 어디에 있든 간에, 그가 밟고 있는 대륙의 지도를 보여 주는, 신묘한 물건이지."

당황하는 이안에게 카카는 다시 설명을 이어 갔다.

"이 지도로 여의주를 찾아내려면, 일단 여의주가 존재했던 곳의 대륙으로 가야 해. 그럼 이 물건은 그곳의 지도를 보여 줄 것이고, 거기에는 여의주의 위치가 표시되어 있겠지."

"그래서 거기가 어딘데?"

"마우리아 제국."

"……."

잠시간의 정적이 흘렀다.

한편, 둘의 옆에 꿔다 놓은 보릿자루처럼 서 있던 릴슨의 태도가 조금 달라졌다.

처음에는 영혼 없는 표정으로 둘을 지켜보고 있었지만, 지금은 무척이나 집중하기 시작한 것이다.

'마우리아 제국이라면 수천 년도 더 된 고대 제국의 이름인데?'

릴슨은 클래스 특성상 지금까지 셀 수 없이 많은 유물들을 발굴하고 탐구해 왔다.

꼭 전설 등급이 아니더라도 고대의 유물들 중에는 수천 년 전의 물건들이 많았고, 그런 유물들을 발굴하다 보면 당연히 카일란의 역사에 대해 많은 것을 알게 된다.

그렇기에 그는 마우리아 제국에 대한 이야기도 들어 본 적이 있었다.

카카가 다시 말을 이었다.

"마우리아 제국은 천 년 전의 차원 전쟁이 일어나기도 더 전 세대에 존재했던 고대의 제국이다."

"그래서 뭐, 시간 이동이라도 해서 그곳으로 가야 한다는 거야?"

카카가 고개를 끄덕였다.

"그렇다. 전륜성왕이 통치했던 마우리아 제국으로 가서, 이 지도를 펼치면 분명 여의주를 찾을 수 있을 거다."

그런데 그 순간, 카카의 마지막 말을 들은 이안의 뇌리에 스쳐 지나가는 것이 있었다.

'가만, 전륜성왕이라…… 전륜성왕…… 어디서 들어 본 것

같은 이름인데.'

그리고 오래 걸리지 않아서, 이안은 전륜성왕이라는 이름을 어디서 들어봤는지 기억해 낼 수 있었다.

"그래, 맞아! 이리엘이 구해 오라고 했던 아이템도 전륜성왕의 보물 중 하나였어!"

카카가 씨익 웃으며 맞장구쳤다.

"그렇다, 주인아. 확실히 우리 주인은 기억력 하나는 좋은 것 같단 말이지."

이안의 머리가 빠르게 회전하기 시작했다.

'여기에 해답이 있었어! 이리엘과 그리퍼는 전륜왕의 보물 중 하나인 주병신보를 얻어 와야 한다고 했으니까 그것을 얻으려면 당연히 전륜왕이 있다는 마우리아 제국으로 이동해야겠지.'

모든 준비를 마치고 그리퍼의 마탑에 찾아가면 그가 마우리아 제국으로 갈 수 있는 포털을 열어 줄 것이었다.

이안이 카카를 응시하며 주먹을 불끈 쥐었다.

"좋아, 카카, 그럼 지금 당장 그리퍼를 찾아가야겠어."

카카가 고개를 끄덕였다.

"역시, 이해가 빨라. 주인은 답답하지 않아서 좋다."

그리고 이안의 말이 이어졌다.

"전륜성왕을 찾아가서 뿍뿍이를 진화시키고, 주병신보인지 뭐시긴지 그걸 가져와서 마계 몬스터들을 모조리 박살 내

버리면 게임 끝이겠군!"

"그렇지!"

카카가 이안에게 물었다.

"주인아, 그럼 지금 바로 동부 대륙에 있는 차원의 마탑으로 가는 거냐?"

이안이 고개를 저었다.

"그전에 할 일이 하나 있다."

카카가 의아한 표정으로 물었다.

"무슨 할 일?"

이안의 시선이 슬쩍 뒤로 돌아갔다.

그리고 그곳에는, 뿍뿍이가 엉금엉금 기어 다니고 있었다.

"뿍뿍이 줄 '심연의 인장'부터 찾아야지."

"뿍……?"

뿍뿍이는 고개를 갸웃하며 이안을 올려다보았다.

그와 동시에, 이번에는 카카와 이안의 시선이 릴슨에게로 돌아갔다.

"저기, 릴슨 님."

이안의 부름에, 멍한 표정으로 서 있던 릴슨이 화들짝 놀라며 대답했다.

"네, 네?"

"혹시…… '심연의 인장'이라는 아이템에 대해서 아세요?"

"심연의…… 인장요?"

이안은 심연의 인장에 대한 단서를 많이 가지고 있지 않았다.

뿍뿍이가 심연의 인장에 대해 아는 것이 거의 없었기 때문이다.

뿍뿍이가 아는 것은 인장의 생김새 정도였다.

오히려 빡빡이로부터 약간의 정보를 얻었는데, 그것마저도 별로 도움은 되지 않았다.

—심연의 인장은 물과 냉기의 기운을 담고 있는 물건이다 주인. 그것을 지니고 있으면 모든 한기寒氣에 면역이 되고, 마법사의 경우에는 수속성과 빙계 마법의 위력이 10퍼센트 가량 증가한다고 알려져 있다.

—와…… 그거 마법사들한테 팔면 겁나 비싸겠는데? 특히 빙계 마법사인 피올란 님 같은 사람이 보면 완전 환장하겠군.

—주변에 빙계 마법사가 있다면 보여 주지 않는 것이 좋을 거다, 주인.

—왜?

—만약 내가 빙계 마법사인데, 주인이 심연의 인장을 가지고 있는 것을 보았다면, 아마 암살 시도를 하고 싶을 것 같다.

—…….

빡빡이와의 대화를 잠깐 떠올린 이안은, 고개를 절레절레 흔들며 인장의 생김새에 대해 릴슨에게 설명하기 시작했다.

이것은 뿍뿍이게게 들은 내용이었다.

"심연의 인장은, 영롱한 푸른빛을 띠는 물방울 모양의 보석입니다."

무척이나 간결한 외형 묘사였지만, 이 짤막한 설명을 듣자마자 릴슨이 움찔했다.

"물방울 모양의 푸른 보석이라면……."

릴슨은 돌연 인벤토리를 뒤지기 시작했고, 그에 이안은 기대에 찬 표정이 되었다.

'뭐지? 랭킹 1위의 탐험가라더니, 설마 심연의 인장을 가지고 있는 건가?'

그리고 잠시 후, 릴슨은 정말 이안의 설명과 비슷하게 생긴 물건을 하나 꺼내어 들었다.

성인 남성의 엄지손가락만 한, 물방울 모양의 영롱한 보석.

보석은 푸른빛이라기엔 좀 더 짙은 남색 빛깔을 내뿜고 있었지만, 이안은 그것을 보자마자 입을 쩍 벌렸다.

"저, 저거! 저거 맞냐, 뿍뿍아?"

"뿍?"

이안의 물음에, 뿍뿍이는 쪼르르 기어가 릴슨의 앞에 섰다.

그리고 릴슨의 손에 올려 있는 파란 보석을 뚫어져라 응시하기 시작했다.

릴슨이 이안에게 말했다.

"이 보석의 이름은 '심연의 인장'이 아닙니다, 이안 님. 하지만 비슷한 이름이기도 하고, 이안 님의 묘사가 딱 이 물건을 말하는 것 같아서……."

이안이 물었다.

"으음……? 그럼 저 보석의 이름은 뭐죠?"

"'심연의 파편'이라는 물건입니다. 오래 전 마법사 클래스
인 친구의 퀘스트를 도와주러 심연의 마탑에 들어갔다가 우
연히 얻은 물건이죠."

그리고 릴슨의 대답에 맞춰 뿍뿍이가 고개를 절레절레 저
으며 이안에게 말했다.

"뿍, 이 물건은 아닌 것 같뿍. 주인아, 이 물건보다 좀 더
크고, 맑은 하늘빛을 띤 보석이어야 한다뿍."

이안은 아쉬운 표정이 되었다.

'에이, 좀 쉽게 풀리는 줄 알았더니, 역시나…….'

그리퍼의 힘을 빌려 마우리아 제국에 가게 된다면, 분명
여의주를 얻을 수 있을 것이었다.

그렇기 때문에 이안은, 뿍뿍이의 1차 진화를 완성한 뒤 차
원의 마탑으로 향하고 싶었다.

"으음, 아쉽네요. 심연의 인장이었더라면 제가 어떤 값을
치러서라도 구입하려고 했는데……."

이안의 중얼거림에 솔깃한 표정이 된 릴슨이 물었다.

"이안 님, 그 물건이 왜 필요하신 건데요?"

이안이 별생각 없이 뿍뿍이를 가리키며 대답했다.

"여기, 이 식충이를 진화시키는 데 필요한 물건이거든요."

"뿍! 나 식충이 아니다뿍!"

그리고 그 말에, 릴슨이 입을 쩍 벌렸다.

"오 마이 갓! 뿍뿍이를 진화시키신다고요?"

오히려 놀란 것은 이안이었다.

"엥? 뿍뿍이를 아세요? 어떻게 이 녀석 이름을 아시는 거죠?"

뿍뿍이도 눈을 동그랗게 뜨고는 말했다.

"뿍! 나를 어떻게 아는 거냐뿍!"

릴슨의 입에서 속사포처럼 말이 쏟아져 나왔다.

"이안 님 소환수 파티의 마스코트인 뿍뿍이를 어떻게 모를 수 있겠습니까? 저 뿍뿍이 팬인걸요."

뿍뿍이의 동공이 흔들렸다.

"뿌뿍! 나 팬도 있었뿍!"

릴슨은 쪼그려 앉아 뿍뿍이의 등껍질을 연신 쓰다듬으며 말을 이었다.

"이렇게 귀여운 거북이를 진화시키려고 하시다니…… 뿍뿍이도 진화하면 빡빡이처럼 우락부락해지는 것 아닌가요?"

이안은 떨떠름한 표정이 되었다.

"아…… 아마도? 근데 빡빡이도 아세요?"

"네, 저 이안 님 팬이라니까요? 당연히 이안 님 소환수들은 다 알고 있죠. 이안 님 전투 영상만 수십 번은 넘게 돌려 봤는걸요."

릴슨이 뿍뿍이에게서 눈을 떼지 못하며 말했다.

"뿍뿍이는 진화시키지 않으시면 안 될까요, 이안 님?"

하지만 이안은 둘도 없이 단호했다.

"네."

"……!"

"안 돼요. 저 녀석도 얼른 밥값해야죠. 그동안 저 녀석이 먹은 미트볼이 몇 갠데."

"……."

"그런데 제가 진화시키고 싶으면 뭐하나요, 심연의 인장이 없는데. 그걸 얻어야 진화시키든 말든 하죠."

"그, 그렇군요."

이안은 한숨을 푹 쉬며, 탁자 옆에 놓여 있던 의자에 털썩 주저앉았다.

"아, 이거 참. 릴슨 님도 모르시면 이거 어디서 정보를 얻어야 하지?"

그런데 그때, 쭈뼛거리고 있던 릴슨이 조심스레 다시 입을 열었다.

"저…… 이안 님?"

"네?"

"만약 제가 심연의 인장을 찾는 데 도움을 드린다면, 제 부탁 하나 들어주실 수 있나요?"

"……!"

릴슨의 그 말에, 기다렸다는 듯 이안이 벌떡 일어났다.

"물론이죠! 제가 들어드릴 수 있는 부탁이라면 뭐든 들어 드립니다!"

사실 이안은 릴슨이 심연의 인장에 대한 정보를 알 것이라고 어느 정도 확신하고 있었다.

비록 그 근거는 무척이나 부실했지만.

'저렇게 비슷하게 생긴 보석을 가지고 있는데, 심연의 인장도 어디 있는지 당연히 알지 않겠어? 이름까지 심연의 파편인데 말이야.'

이안의 사고방식은, 때로는 무척이나 단순했다.

하지만 그 단순한 직감이 제법 정확할 때가 많은 편이었다.

"으음, 그렇다면……!"

릴슨이 이안의 앞으로 불쑥 다가와 그의 손을 맞잡으며 말했다.

"저, 로터스 길드에 좀 넣어 주세요! 가능……할까요?"

릴슨은 어린아이처럼 두 눈을 반짝였다.

최근들어 솔로 플레이만 계속해 온 이안은 크게 인지하고 있지 못했지만, 로터스 길드는 많은 유저들에게 선망의 대상이었다.

이제 레벨이 100 정도인 릴슨이 일반적인 루트로는 절대로 가입할 수 없는 인기 길드인 로터스 길드.

쑥스러운 듯 말하는 릴슨을 보며, 이안이 함박웃음을 지었다.

생각지 못했던 조건이었지만, 그 정도야 이안의 재량으로 얼마든지 할 수 있는 부분이었기 때문이다.

"알겠습니다. 제가 길드 마스터님께 릴슨 님을 추천해 드리도록 하죠."

"오오!"

이안이 눈을 가늘게 뜨며 릴슨을 압박(?)했다.

"그러니까 이제 얼른 심연의 인장에 대한 정보를 주시죠!"

그리고 그 압박에 릴슨은 천천히 입을 열시 시작했다.

"사실 이 심연의 파편은 정확히 말하자면 심연의 마탑에서 얻은 물건이 아니에요."

"음……?"

"심연의 마탑 바로 뒤쪽에 작은 비밀 던전이 있는데, 제가 친구 퀘스트를 도와주다가 그곳을 발견했거든요."

이안은 릴슨의 말에 집중하고 있었고, 그의 설명이 천천히 이어졌다.

"그 던전을 발견한 저는 하루 종일 열심히 사냥했죠. 평소에 탐험하느라 사냥을 잘 하지 않기 때문에, 던전 최초 발견 버프가 있을 때 최대한 많이 경험치를 쌓아 놔야 했거든요. 그렇잖아요?"

이안은 그다지 동의할 수 없었지만, 딴지를 걸지는 않았다.

'사냥이란 평소에도 열심히 하고 경험치 버프가 있을 땐

두 배로 열심히 해야지.'

이안의 심중이 어찌 됐든, 릴슨은 계속해서 말했다.

"그렇게 던전 깊숙이 들어가며 열심히 사냥을 하다 보니, 마침내 최하층까지 내려올 수 있었습니다. 그리고 거기서 전, 이 심연의 파편이라는 아름다운 보석이 여기 저기 널브러져 있는 것을 발견할 수 있었죠. 제 기억으론, 이렇게 생긴 보석이 최소 삼사백 개는 쌓여 있었던 것 같습니다."

아름다운 보석들을 발견한 릴슨은, 당연히 그것들을 죄다 인벤토리에 집어넣기 시작했고, 그 보석들을 수거하던 도중, 그것들과 비교도 할 수 없이 아름답고 커다란 물방울 모양의 보석을 발견했다고 했다.

"하지만 저는 그 물건을 만질 수도 없었어요. 그것은 엄청나게 강력한 어떤 기운에 둘러 싸여 있었거든요."

여기까지 이야기를 들은 이안이 다급한 목소리로 물었다.

"그래서, 그 보석이 심연의 인장이었나요?"

릴슨이 어깨를 으쓱하며 대답했다.

"그건 저도 모르죠. 저는 멀찍이서 그 보석을 구경한 게 전부였기 때문에, 보석의 정보는 확인하지 못했습니다."

이안이 두 주먹을 꽉 말아 쥐었다.

'이거다! 이건, 심연의 인장이 분명해!'

결과적으로 릴슨의 정보는 확실한 것이 아니었지만, 그래도 이안은 그의 부탁을 들어주기로 했다.

'직감상 그 물건은 분명히 심연의 인장이 맞아. 그리고 그게 아니더라도 생산 직업 한 분야의 랭킹 1위 유저이니 길드에 받아 줄 가치는 충분히 있고.'

헤르스에게 얘기해 릴슨을 길드원으로 받아 준 이안은, 곧바로 심연의 호수를 향해 움직였다.

"여긴 정말 오랜만에 오는군."

이안의 중얼거림에, 옆에 있던 뿍뿍이가 기쁜 표정을 지었다.

"그렇뿍. 정말 오랜만이다뿍."

심연의 호수는 그야말로 추억의 장소다.

라이를 제외하면 이안과 가장 오랜 시간 함께한 소환수인 뿍뿍이와 떡대를 처음 만난 곳이었으니.

이안과 릴슨이 정박해 있던 배에 오르자, 뿍뿍이는 호수를 향해 쪼르르 기어갔다.

풍덩-!

그리고 심연의 호수에 몸을 담근 뿍뿍이는 신이 나서 이리저리 헤엄치기 시작했다.

"역시 여기는 내 고향이다뿍. 이 시원하고 맑은 물이 그리웠뿍!"

정말 물 만난 고기처럼 신나게 헤엄치는 뿍뿍이를 보며 이안은 기분 좋은 미소를 지었다.

"저 녀석, 미트볼 먹을 때 말고 저렇게 좋아하는 표정은 처음 보는걸."

이안의 옆에 타고 있던 라이도 고개를 끄덕이며 동의했다.

"그렇다, 주인. 뿍뿍이가 미트볼 말고 좋아하는 것이 있을 줄 몰랐다."

라이 또한 심연의 호수에는 두 번째 오는 것이었기 때문에 감회가 새로운 듯했다.

여기가 일반적인 사냥터라면 아무리 오랜만에 온다고 해도 그러려니 하겠지만, 심연의 호수가 가진 경치가 무척이나 아름다웠기 때문에, 이안 또한 기분이 좋아졌다.

'크으, 공기 맑고, 물 좋고! 이런 완벽한 가상현실 게임이 있는데, 해외여행 같은 것은 대체 왜 가는지 몰라. 세계 어딜 가도 이보다 멋진 풍경은 찾기 힘들 것 같은데 말이지.'

결국 기승전 카일란 게임 찬양으로 끝나는 이안의 사고방식이었다.

어쨌든 삼십분 여 정도가 지난 끝에, 이안의 일행은 심연의 호수 중앙에 있는 섬에 도착할 수 있었다.

그리고 배에서 내리자마자 릴슨이 길을 안내하기 시작했다.

"자, 이쪽으로 오시죠, 이안 님."

그런데 이안은, 릴슨이 안내하는 방향에 뭔가 이상한 점을 느꼈다.

"음……? 릴슨 님, 거기는 중앙 마탑 쪽으로 가는 방향이 아니라, 북부 해안가 쪽으로 가는 방향인데요?"

릴슨이 씨익 웃으며 대답했다.

"맞아요."

"에…… 릴슨 님께선 비밀 던전이 분명 마탑 뒤쪽이라고 하셨던 것 같은데."

릴슨이 고개를 끄덕이며 짧게 설명했다.

"네, 위치 자체는 마탑 바로 뒤에 붙어 있는 던전이 맞는데, 일반적인 방법으로는 들어갈 수가 없는 곳이에요. 아마 저랑 제 친구 말고는 아무도 던전을 발견하지 못했을 겁니다."

이안은 조금 미심쩍었지만, 일단 릴슨이 안내하는 대로 걸음을 옮기기 시작했다.

"흐으음……."

이안의 일행이 지나는 길은, 심연의 섬에서도 가장 몬스터들이 많기로 유명한 사냥터.

하지만 어쩐 일인지 몬스터들이 단 한 마리도 보이지 않았다.

릴슨이 의아한 표정으로 중얼거렸다.

"으음? 왜 여기 몬스터가 하나도 없는 거지?"

그 말에 이안이 피식 웃으며 대답했다.

"여기 몬스터들 레벨을 생각해 보세요. 전투 능력이 딸리는 카카랑 싸워도 못 이길 쪼렙들 투성인데, 우리랑 싸우려 들겠어요? 슬슬 피하지."

이안의 말에 옆에서 날고 있던 카카가 이안을 쩨려봤지만,

이안은 어깨를 으쓱할 뿐이었다.

그리고 릴슨은 고개를 갸웃거렸다.

"음, 그런 이야기는 처음 들어보는데……."

사실 이안의 가설(?)은 반은 맞고 반은 틀렸다.

원래 아무리 레벨 차이가 많이 나는 일행이 지나가더라도 몬스터들이 피하지는 않는다.

하지만 이안에게서는 드래곤인 카르세우스의 기운이 풍겨져 나갔고, 그것이 몬스터들을 달아나게 만든 것이었다.

즉 레벨 차이가 100 이상 나는 드래곤의 기운이 느껴지면, 몬스터들이 자리를 피하도록 설계되어 있던 것.

카르세우스를 소환하지 않았음에도, 드래곤의 존재감은 하급 몬스터들을 공포에 떨게 하기 충분했다.

덕분에 이안 일행은 귀찮은 일 없이 계속해서 이동했고, 릴슨은 수없이 여러 갈래로 이어지는 복잡한 길을 능숙한 움직임으로 안내했다.

그렇게 20여 분 정도 더 이동했을까?

이안의 일행 앞에 공터가 하나 나타났고, 그 안에는 세 개의 마법진이 그려져 있었다.

"음? 이건 뭔가요?"

이안의 물음에, 릴슨이 오른 쪽에 있는 마법진으로 걸음을 옮기며 손짓했다.

"이쪽으로 오세요. 비밀 던전으로 가기 위한 워프 게이트에요."

"음······?"

자신을 따라 들어오는 이안 일행을 한번 둘러본 릴슨은, 뭐라고 알 수 없는 말을 중얼거렸다.

"2, 1, 4, 3, 2, 3, 1, 1, 2, 3, 1······."

이안이 호기심 어린 표정으로 물었다.

"지금 뭐 하시는 겁니까? 던전으로 들어가기 위해 무슨 암호라도 외워야 하는 건가요?"

릴슨은 고개를 저으며 짧게 대답했다.

"아뇨. 따라오시면 곧 알게 되실 겁니다. 하지만 이제 말은 걸지 말아 주세요. 외워 놓은 것을 까먹으면 안 돼서 말이지요."

"아, 알겠습니다."

"그냥 계속해서 저만 따라오시면 됩니다."

그리고 두 사람의 대화가 끝나자마자 마법진이 발동하기 시작했고, 일행은 어디론가 워프되었다.

위이잉-!

이안은 새로운 장소로 워프되자마자 재빨리 주변을 둘러보았다.

그리고는 당황한 표정이 되었다.

'음, 뭐지? 이거 이번에는 마법진이 네 개나 있잖아?'

한편, 당황하는 이안과는 별개로 릴슨은 망설임 없이 다른 마법진을 향해 또다시 이동했다.

"이쪽으로!"

그리고 몇 번이나 이러한 과정을 거친 이안은, 릴슨이 외운 이상한 숫자로 이루어진 주문이 무엇을 의미하는지 깨달을 수 있었다.

'아, 그 숫자가 마법진의 번호를 의미하는 거였어!'

이안 일행은 계속해서 마법진을 바꿔 가며 다른 장소로 이동했다.

그리고 릴슨이 계속 외우던 숫자가 타고 가야 하는 마법진의 경로를 의미하는 것이었던 것이다.

이안은 릴슨을 다시 보았다.

'와, 이 길을 대체 어떻게 찾아서 간 거지?'

굳이 해 보고 싶지는 않았지만, 코흘리개 시절부터 지금까지 십수 년 게임만 해 온 이안의 머리를 굴려 봤을 때 잘못된 루트의 마법진을 타면, 이상한 함정이 발동되거나 몬스터를 만나게 되어 있으리라.

여기까지 생각이 미친 이안은, 순간 뇌리를 스쳐 지나가는 것이 있었다.

'던전 탐지기 뿍뿍이에 릴슨까지 있으면, 앞으로 더 많은 비밀 던전을 찾아낼 수 있겠어.'

이안은 시선을 슬쩍 돌려 릴슨을 응시했다.

'그저 심연의 인장을 찾고 여의보도를 감정하기 위해 필요했던 존재'에서, '앞으로도 계속 데리고 다니고 싶은 탐나는 인재' 정도로 릴슨의 가치가 격상되는 순간이었다.

"릴슨 님, 이제 거의 다 된 건가요?"

릴슨이 자신감 넘치는 표정으로 고개를 끄덕였다.

"예, 이안 님. 앞으로 2회 정도 더 이동하면 끝날 것 같네요."

10회, 20회를 가뿐히 넘어가는 횟수를 계속해서 마법진으로 이동한 끝에, 드디어 이안 일행은 목적지에 당도할 수 있었다.

휘이잉-

갑작스레 사방에서 불어오는 칼바람에 온몸에 오한을 느낀 이안은, 주변을 슬쩍 둘러보았다.

"으음, 여긴……! 정말 마탑의 바로 뒤편에 있는 바위산의 봉우리네요?"

심연의 섬 정중앙에는 무척이나 가파르고 높은 산이 있었다.

마탑은 그중에서도 가장 높은 봉우리의 꼭대기에 우뚝 솟아 있었고, 이안 일행이 마법진을 타고 이동해 온 위치는 그 바로 뒤편에 있는 봉우리의 꼭대기, 사방이 탁 트여 있는 절벽 위였다.

이안이 고개를 으쓱하며 말했다.

"으음, 여기 위치를 알았으니, 다음에 와야 할 일이 있다면 굳이 힘들게 마법진을 타고 오지 않아도 되겠군요."

릴슨이 물었다.

"음, 어째서죠? 여기로는 올라오는 길이 없는데……."

이안이 실소를 흘리며 대답했다.

"제게 그리핀이 한 마리 있는데, 그 녀석을 타고 올라오면 될 것 같거든요. 여기 다시 올 일이 있을지는 모르지만……."

하지만 릴슨은 고개를 저었다.

"아, 여기는 그렇게 올 수 있는 장소가 아닙니다, 이안 님."

"네?"

"잘 보이지는 않지만, 이 공간 자체에 결계가 쳐져 있거든요. 아마 바깥에서는 이 봉우리가 아예 보이지도 않을 겁니다."

"아하……."

깎아지듯 높은 바위산의 봉우리.

그리고 그 주변을 둘러 있는 좁은 길을 따라 천천히 걸은 일행은 이내 정상에 있는 거대한 석문을 발견할 수 있었다.

석문의 앞에 다다른 릴슨이 이안을 돌아보며 말했다.

"이안 님."

사뭇 진지해진 그의 표정에, 이안 또한 긴장하며 되물었다.

"네?"

릴슨의 말이 이어졌다.

"이 석문을 열면, 던전을 지키는 문지기가 하나 있을 거예요. 지난번에 저랑 친구가 여러 번 죽어 가면서 트라이한 끝에 겨우 잡아 낸 녀석이거든요."

"아……."

"물론 이안 님이시라면 어렵지 않게 이기시겠지만, 그래도 들어가시기 전에 소환수는 전부 소환하시는 게 좋을 것 같아서요. 지금 소환하고 계신 소환수가 뿍뿍이 밖에 없으니……."

이안이 고개를 끄덕이며 릴슨에게 물었다.

"안쪽을 지키는 보스 몬스터가 어떤 녀석인데요?"

릴슨이 낮은 목소리로 대답했다.

"레벨은 130도 넘고, 빙계 계열의 광역 스킬을 사용하는 거대한 골렘입니다. 몸빵도 장난 아니고, '어비스 홀'이라는 엄청난 메즈기도 사용하더라고요."

"……."

이안은 순간 뿍뿍이를 향해 고개를 돌리며 말했다.

"뿍뿍아."

"뿍?"

"저 안에 있는 녀석, 혹시 떡대 사촌형 정도 되는 녀석 아닐까?"

뿍뿍이가 고개를 끄덕였다.

"뿍, 그렇뿍. 왠지 그럴 것 같뿍."

릴슨이 손뼉을 치며 대답했다.

"맞아요! 이안 님이 사용하셨던 소환수인 떡대랑 흡사한 외형을 갖고 있어요. 덩치만 떡대보다 두 배쯤 큰 것 같네요."

뿍뿍이가 한 마디 덧붙였다.

"떡대 아빠일지도 모른다뿍."

"흐음……."

이안은 저벅저벅 앞으로 걸어갔다.

"릴슨 님."

"예?"

"이 석문, 어떻게 하면 열리나요? 열어 주세요."

그에 릴슨이 당황한 표정으로 되물었다.

"네에? 열어 달라고요?"

"넵."

"이안 님 아직 소환수들 소환 안 하셨잖아요. 아무리 이안 님께서 강하다고 하셔도, 소환술사가 소환수도 없이 130레 벨이 넘는 보스 몬스터를 잡는다는 건……."

그 말에 이안의 뒤에 둥둥 떠 있던 카카가 핀잔을 주었다.

"걱정하지 마라. 그런 허접한 돌덩이 한 트럭 와도 주인 놈 옷깃 하나 못 건드릴 거다."

"음……."

이안이 어깨를 으쓱했고, 릴슨은 조금 못 마땅한 표정으로 고개를 주억거렸다.

"그럼, 던전 오픈하겠습니다."

"예, 그럽시다."

"만약 조금 버겁다는 생각이 드시면, 바로 소환수들 소환하셔야 해요!"

릴슨의 말에 이안은 알았다며 고개를 끄덕였고, 릴슨은 천천히 석문의 앞으로 다가갔다.

그리고 자신의 인벤토리에서 무언가를 꺼낸 릴슨은 석문의 앞에 그것을 가져다 대었다.

그러자 푸른빛이 일렁이며 거대한 석문에서 굉음이 흘러나오기 시작했다.

쿵— 쿠쿠쿵—!

조금씩 열리기 시작하는 석문 사이로 환한 빛이 새어나오는 것을 보며, 이안 일행은 망설임 없이 안쪽으로 들어갔다.

그런데 그때, 석실 안쪽에서 커다란 기계음 같은 것이 울려 퍼지기 시작했다.

－감히…… 누……가, 심연의 비동에 발을 들이려…… 하는가!

쿵— 쿠쿠쿵—!

석실을 온통 가득하게 메우기 시작한 새파란 빛들은 회오리치기 시작하더니, 종래에는 거대한 하나의 형상을 만들기 시작했다.

한편, 무표정한 얼굴로 그 모양을 지켜보던 이안은, 정령왕의 심판을 꺼내어 들고는 그 앞으로 저벅저벅 다가갔다.

그 모습을 본 릴슨이 소스라치게 놀라며 소리쳤다.

"이, 이안 님! 안 돼요! 아무리 이안 님이라도 그것은 위험……!"

하지만 릴슨의 비명은 끝까지 이어질 수 없었다.

서걱-!

뭔가 시원한 소리가 비동에 울려 퍼짐과 동시에, 말을 하던 릴슨의 입이 쩍 벌어져 버린 것이었다.

"이, 이게……."

이안과 릴슨의 눈앞에, 시스템 메시지가 한 줄 울려 퍼졌다.

-'심연의 가디언'을 성공적으로 처치하셨습니다.

릴슨은 당황했다.

"방금…… 어떻게 된……."

하지만 당황한 것은 릴슨만이 아니었다.

이안 또한 떨떠름한 표정이었던 것이었다.

'대체 이게 어떻게 된 거지?'

사실 처음 보스가 나온다는 이야기를 들었을 때부터, 이안은 작정하고 있었다.

'20강 무기의 첫 개시 상대로 조금 아쉽기는 하지만, 제대로 딜이나 한번 뽑아 봐야지.'

이안은 가지고 있는 버프 스킬이란 버프 스킬은 모조리 다 활성화시킨 뒤, 보스가 등장하자마자 약점 포착 스킬을 발동했다.

그리고 가슴부에 형성된 붉은 점을 발견한 순간, 이안의 행성파괴 무기가 골렘의 흉부를 관통해 버린 것이었다.

쿠르릉– 쿠르르르–.

그 한 번의 공격.

단 한 방의 찌르기로 골렘의 몸을 뒤덮고 있던 바위와 얼음덩이들이 조각조각 갈라지며 바닥에 내려앉았고, 이안의 눈앞에는 믿기 힘든 대미지 수치가 떠올라 있었다.

–'심연의 가디언'에게 치명적인 피해를 입혔습니다!

–'심연의 가디언'의 생명력이 5,238,775만큼 감소합니다.

–'심연의 가디언'을 성공적으로 처치하셨습니다.

이안은 손에 쥔 정령왕의 심판을 만지작거리며, 날카로운 예기가 흐르는 창극을 물끄러미 응시했다.

'이건 미친 공격력이야!'

카일란에서 공격력과 방어력의 상호 작용 수식은 간단하게 설계되어 있지 않다.

예를 들면 공격력이 200인 유저가 방어력이 50인 몬스터를 공격했다고 해서, 200 마이너스 50인 150의 대미지가 들어가지는 않는다는 이야기였다.

연구를 좋아하는 이안조차 그 공식에 대해 정확히 알아내지는 못했지만, 대략적으로는 알고 있었다.

'카일란에서는 공격력과 방어력 차이가 커질수록 대미지가 증폭되는 경향이 있지.'

+20 강화를 통해 만들어 낸 정령왕의 심판은, 무기 공격력만 6천이 넘는 어마어마한 수치를 가지고 있다.

'거기에 200레벨인 내 기본 공격력이 추가되는 거고, 상대는 나와 레벨 차이가 70이나 나는 골렘이니 내 공격력에 비해 방어력이 현저히 낮을 수밖에 없겠지.'

이렇게 해서 1차적으로 증폭된 이안의 대미지.

하지만 이것이 끝은 아니었다.

'거기에 공격력 버프, 상대 방어력 디버프가 들어가고, 약점 포착으로 인해 피해량이 세 배 이상 증폭되기까지 했으니…….'

이러한 모든 조건이 갖춰진 상태로 이안의 작정한 공격이 들어가자, 130레벨의 보스 몬스터가 한 방에 지워져 버린 것이다.

머릿속에서 생각을 정리한 이안의 입가에 씨익 웃음이 맺혔다.

'크으, 템빨에 취한다!'

정신을 차린 이안은, 아직까지 멍한 표정으로 쓰러진 골렘을 응시하고 있는 릴슨을 향해 입을 열었다.

"릴슨 님, 뭐 하세요? 안쪽으로 들어가면 되는 거죠?"

이안의 말에 화들짝 놀란 릴슨이 고개를 끄덕이며 이안에게로 다가왔다.

"아, 네! 안으로 들어가시면 됩니다."

그리고 두 사람이 던전 안에 들어서자, 시스템 메시지가 한 줄 떠올랐다.

-비밀 던전, '심연의 비동'에 입장합니다.

비밀 던전을 지키는 수문장 격의 몬스터를 너무도 쉽게 통과해 버린 이안은, 다시 릴슨의 안내를 따라 던전 안쪽으로 들어가기 시작했다.

그리고 던전 내부는 무척이나 평화로웠다.

"릴슨 님, 제 뒤쪽에서 길을 알려 주시는 게 나을 것 같아요."

"알겠습니다."

릴슨의 앞에 선 이안은, 나타나는 몬스터들을 향해 정령왕의 심판을 휘두르기 시작했다.

푹-.

-'스노우 울프'에게 치명적인 피해를 입혔습니다!

-'스노우 울프'의 생명력이 8,974,398만큼 감소합니다.

-'스노우 울프'를 성공적으로 처치하셨습니다.

서걱-.

-'아이스 가고일'을 성공적으로 처치하셨습니다.

-'아이스 골렘'을 성공적으로 처치하셨습니다.

이안이 창을 한 번 휘두를 때마다 던전의 몬스터들은 여지없이 가루가 되어 흩날렸다.

원래부터 레벨 차이가 큰 쉬운 던전이기는 했지만, 그것을 감안하더라도 이안 일행의 던전 돌파 속도는 어마어마했다.

거의 던전 내부에 고속도로를 뚫고 있는 이안이었다.

'간만에 스트레스 해소도 되고 좋은데?'

이안은 몸이 근질거리기 시작했다.

'이런 허접한 녀석들 말고, 제대로 된 마계의 마수들과 다시 싸우면 어떻게 될까? 이런 정도로 어마어마한 공격력이 나오지는 않겠지만, 그래도 최소 예전보다 두 배 이상은 딜이 들어갈 것 같은데 말이지.'

수백만이 넘게 차오르는 지금 이안의 공격력은, 그의 레벨대의 사냥터에 들어가서는 반의 반 이하로 토막 날 게 분명했다.

하지만 그렇더라도 무시무시한 수준인 것은 변함없었다.

'크흐흣, 마계만 다시 열리면, 데빌 드래곤도 사냥하고 발록도 사냥하고! 영혼석 모아서 전설 등급의 마수들도 죄다 소환해서 사냥해야지!'

심연의 비동은 그리 넓은 던전이 아니었다.

어지간한 던전 필드의 절반도 채 되지 않는 수준.

하지만 층수가 어마어마하게 많았기 때문에, 최하층에 도달하는 데는 제법 시간이 걸렸다.

이안의 뒤를 따라 걸으며 계속해서 길을 안내하던 릴슨이 중얼거리듯 말했다.

"어어?"

"왜 그러세요?"

"아니, 이게 던전이 좀 바뀐 것 같은데요?"

"음……?"

"원래는 이렇게까지 층수가 많지 않았어요, 이 던전이."

"그래요?"

"네. 던전이 진화라도 하는 건가?"

하지만 그렇다고 해서 크게 문제될 것은 없었기에, 이안은 계속해서 던전을 뚫으며 밑으로 내려갔다.

'설마 심연의 인장이 어디로 도망가거나 하지는 않았겠지.'

그렇게 얼마나 시간이 지났을까?

이안은 슬슬 몬스터들이 강해지는 것을 느끼기 시작했다.

"으음…… 던전 초입에 있던 몬스터들이 100레벨도 채 되지 않았던 걸로 기억하는데, 이제 150레벨 정도 되는 녀석들도 등장하네요?"

이안의 말에 릴슨이 뒷머리를 긁적이며 대답했다.

"저도 잘 모르겠네요. 원래 이런 던전이 아니었거든요. 제가 왔을 때는 최고 레벨의 일반 몬스터가 한 120레벨 정도였어요."

이안은 고개를 끄덕인 뒤, 소환수들을 소환했다.

소환수 없이도 아직 문제없이 길을 뚫을 수는 있었지만,

조금이라도 빨리 결론을 보고 싶었기 때문이었다.

심연의 던전은 그 후로도 아래쪽으로 내려갈 때마다 몬스터들의 레벨이 조금씩 더 높아졌고, 종래에는 180레벨대가 넘는 녀석들도 등장하기 시작했다.

릴슨은 창백해진 얼굴로 여기저기서 나타나는 몬스터들을 피해 다니기 바빴다.

그리고 그는 혼란에 빠졌다.

'래, 랭커들은 원래 다 이런 거야?'

그로서는 이런 무지막지한 고레벨의 몬스터들을 처음 만나 보았는데, 이안이 너무 손쉽게 사냥하며 지나가니 당황할 수밖에 없었던 것이었다.

그렇게 한 개의 층을 전부 정리한 이안이 창대를 고쳐 쥐며 낮은 목소리로 중얼거렸다.

그는, 처음으로 심각한 표정이었다.

"흐음, 이러면 안 되는데……."

그의 옆에서 혼이 빠져나간 표정으로 서 있던 릴슨이, 이안을 향해 반사적으로 물었다.

"뭐, 뭐가요?"

이안이 턱을 만지작거리며 대답했다.

"아니, 아직까지는 괜찮은데, 이렇게 대책 없이 계속해서 몬스터들 레벨이 높아지면 곤란하다는 거죠."

"음?"

"일반 몬스터들은 한 250레벨대까지도 어찌 잡아 낼 수 있을 것 같기는 한데, 그 이상 더 강해진다면 저로서도 버거울 테니까요. 가신들이라도 전부 데리고 왔다면 모르겠지만."

"……."

250레벨이라는 말을 들은 릴슨은 아예 말을 잃었다.

'아니, 현존하는 필드 몬스터 중에 그 정도 레벨이 되는 몬스터가 있기는 해?'

릴슨은 당황스러움을 숨기기 위해 억지웃음을 지으며 대답했다.

"하, 하핫, 설마 그럴 리가 있으려고요. 아무리 강해져도 200레벨이 넘는 필드 몬스터들이 나타나지는 않을 겁니다."

그리고 신기하게도 200레벨에 근접한 몬스터들이 나오는 필드를 클리어하자, 길고 길었던 던전의 끝이 일행의 눈에 들어왔다.

릴슨은 안도의 한숨을 쉬며 이안에게 말했다.

"이안 님, 저쪽에 파랗게 빛이 새어나오는 것 보이십니까?"

릴슨의 말에 이안은 고개를 돌려 그가 가리킨 곳을 응시했고, 그곳에서는 좁은 틈 사이로 새파란 빛이 흘러나오고 있었다.

"저 안에 심연의 인장이 있을까요?"

릴슨이 고개를 끄덕이며 대답했다.

"여기부터는 제가 일전에 왔던 던전과 지형이 완전히 똑같습니다. 제가 봤던 게 심연의 인장인지 확신할 수는 없지만, 안쪽으로 들어가면 그 물건이 분명히 있을 겁니다."

"그래야 할 텐데……."

말끝을 흐린 이안은 빛이 새어나오는 곳을 향해 걸음을 옮기기 시작했고, 릴슨이 그의 뒤를 따라 걸었다.

그런데 그때, 오랜만에 이안의 등 뒤에 매달려 있던 **뿍뿍**이가 불쑥 고개를 내밀더니 두 사람을 향해 말했다.

"뿍! 저 안에 있다뿍!"

이안이 반사적으로 고개를 휙 돌리며 되물었다.

"음? 있다고? 뭐가? 심연의 인장이?"

뿍뿍이가 고개를 주억거렸다.

"그렇뿍. 저 안쪽에 분명히 심연의 인장이 있뿍!"

이안의 얼굴에 순간적으로 화색이 돌았다.

이제야 비로소 안심이 된 것이다.

그의 직감은 분명히 이 안에 심연의 인장이 있을 것이라고 말했지만, 그래도 약간의 불안이 남아 있었던 것이다.

"좋아, 빨리 안쪽으로 들어가서, 심연의 인장인지 뭔지 그 지긋지긋한 물건을 얼른 찾아내자고."

힘 있게 말한 이안은 빠르게 걸음을 옮기기 시작했고, 어느새 이안의 등에서 내려온 뿍뿍이가 그를 따라 쪼르르 움직였다.

그런데 이안의 일행이 몇 발자국을 떼기도 전에, 돌연 던전 전체가 격렬하게 흔들리기 시작했다.

쿵- 쿠쿠쿵- 쿠쿠쿠쿵-!

당황한 이안이 소리쳤다.

"뭐야? 지진이라도 일어난 거야?!"

"그러게 말입니다, 이게 대체 뭐죠?"

그리고 당황하는 두 사람의 눈앞에, 큼지막한 시스템 메시지가 주르륵 떠올랐다.

띠링-.

-심연의 인장이 깨어나기 위한 모든 조건이 충족되었습니다.

-비동에 잠들어 있던 심연의 힘이 깨어납니다.

이안의 두 눈에 이채가 어렸다.

"오오, 드디어……!"

그리고 메시지가 이어졌다.

-천 년 동안 깊은 잠에 빠져 있던 '심연의 군주'가 세상에 모습을 드러냅니다.

쿵- 쿠쿠쿵-!

이안이 발을 딛고 있는 던전의 지면이 점점 더 격하게 진동하기 시작했다.

'아오, 씨. 이거 진짜 무너지는 건 아니겠지?'

던전이 무너지면 천하의 이안으로서도 살아 나갈 방법은 없었기에, 이안은 조금 걱정되었다.

'지금이라도 로그아웃을 해야 하나?'

하지만 당연히 그럴 수는 없었다.

어떻게 찾은 뿍뿍이의 진화 기회인데, 던전이 무너질 게 무서워 로그아웃을 해 버릴 수는 없는 것이었다.

쩍- 쩌적-!

진동하던 바닥이 서서히 갈라지기 시작하고, 빛이 새어나오던 틈도 점점 더 여러 갈래로 쪼개지며 더욱 강한 빛을 내뿜기 시작했다.

이안과 릴슨은 그 가운데서 가까스로 중심을 잡으며, 긴장의 끈을 놓지 않았다.

'보스 몬스터라도 등장하려나 본데.'

그리고 갑자기 거대한 폭발이 일어났다.

콰아앙-!

이안의 눈앞을 막고 있던 벽이 터져 나가더니, 푸른빛이 새어나오던 곳을 중심으로 연쇄 폭발이 일어난 것이었다.

층고가 높지 않은 던전의 천장이 그 폭발로 인해 터져 나갔고, 위쪽으로 거의 세 개의 층이 날아가 버리며 거대한 공간이 생겼다.

"역시……!"

이안의 짐작은 정확히 들어맞았다.

이안 일행의 앞에 생겨난 커다란 공터에는, 예전에 중부 대륙에서 만났던 거신족과 비슷한 모습을 한 괴물이 서 있던 것이다.

-심연의 군주/Lv : 350/등급 : 전설

그리고 이안의 시선이, 심연의 군주 뒤쪽에 찬란한 빛을 내며 떠올라 있는 물방울 모양의 보석으로 향했다.

'그래, 이 정도 이벤트도 없으면 섭하지.'

이안은 정령왕의 심판을 강하게 움켜쥐었다.

이제는 녀석을 사냥하고, 뿍뿍이를 진화시킬 시간이었다.

심연의 귀룡, 뿍뿍이

Taming
Master

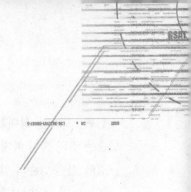

　이안은 먹음직스러운 먹잇감을 바라보는 듯한 눈빛으로 심연의 군주를 향해 다가갔다.

　'100레벨대의 유저들이 클리어한 던전이라고 해서 너무 가볍게 생각했나?'

　던전을 쉽게 생각한 이안은, 가신들을 데려오지 않았다.

　하지만 생각과는 달리, 그는 전혀 걱정하는 표정이 아니었다.

　'350레벨에 전설 등급이라……. 보스 몬스터니까 얀쿤보다도 강력하겠군.'

　이안은 심연의 군주를 아래위로 꼼꼼히 살폈다.

　'대형 해머에 사슬갑옷이라……. 속도전으로 승부를 해야

하는 건가?'

한편, 보스를 상대할 생각에 정신이 없는 이안과는 달리 릴슨은 거의 혼이 빠져나간 상태였다.

겁에 질린 릴슨의 입에서 영혼 없는 말이 새어나왔다.

"이, 이안 님, 아무래도 도망치는 편이……."

하지만 던전 여기저기서 울려 퍼지는 굉음 때문에 릴슨의 말은 이안의 귀에 들어가지 않았고, 릴슨은 자리에 털썩 주저앉았다.

"휘유, 1레벨 다운 확정인가……."

사실 릴슨의 체념은 당연한 것이었다.

그의 상식으로는 어떤 유저가 와도 혼자서 350레벨의 보스 몬스터를 잡아 낸다는 것은 불가능한 일이었기 때문이었다.

뒤돌아서 도망치려 해도 릴슨의 능력으로는 190레벨대의 일반 몬스터를 피해 달아날 수 없었으며, 클리어되기 전인 던전에서는 로그아웃도 불가능했다.

그야말로 독 안에 든 쥐가 되어 버린 릴슨과 이안.

적어도 릴슨은 그렇게 생각했다.

'이안 님께 미안하네. 이렇게 강한 던전인 줄 미리 알았더라면 길드원들이라도 데리고 오셨을 텐데…….'

릴슨은 기왕 이렇게 된 것, 이안의 전투나 구경해야겠다고 생각했다.

그가 아는 이안이라면 적어도 맥없이 당하지는 않을 것이라고 믿었다.

릴슨의 흐리멍덩했던 두 눈이 다시 초롱초롱해졌다.

'크으, 그래도 이안 님의 전투를 이렇게 가까운 곳에서 보게 될 날이 올 줄이야.'

릴슨은 서둘러 개인 영상 녹화를 시작했다.

'이런 건 영상으로 담아 둬야지.'

그리고 릴슨이 마음을 정리하는 사이 이안과 심연의 군주의 전투가 시작되었다.

크아아오-!

심연의 군주, 거대한 고대의 거인이 거칠게 포효했다.

-그대는, 과연 심연의 힘을 얻을 자격이 있는가!

이안이 고개를 끄덕이며 씨익 웃었다.

"물론."

-그렇다면, 지금 바로 확인해 볼 것이다!

말을 마친 심연의 군주는, 양손으로 들고 있는 거대한 해머를 치켜들어 이안이 있는 곳을 향해 힘껏 내리쳤다.

콰아앙-!

해머에 달려 있는 쇳덩이의 크기만 해도 이안의 몸집에 서너 배는 될 정도로 거대한 수준이었다.

그런 어마어마한 무기가 바닥에 내리꽂히자, 지진이라도 일어난 듯 던전 전체가 부르르 떨렸다.

쾅- 쾅- 콰쾅-!

거인은 계속해서 이안을 향해 해머를 휘둘러 댔다.

하지만 이안이 그런 느릿한 공격을 맞아 줄 리는 없었다.

"카르세우스, 브레스 재사용 대기 시간 돌아오면 얘기하고, 라이, 할리가 나랑 같이 협공한다."

이안은 일부러 빡빡이를 뒤쪽으로 빼 두었다.

빡빡이의 생명력과 방어력이 아무리 높다고 하더라도, 저런 무지막지한 쇳덩이에 가격당하면 묵사발이 날 게 뻔했기 때문이다.

'탱킹으로 어떻게 할 수 있는 종류의 보스가 아니야.'

만약 빡빡이의 레벨이 이 보스 몬스터와 비슷한 수준이었다면 해 볼 만했을지도 모르지만, 150 가까운 레벨 차이는 맞으면서 버틸 만한 성질의 것이 아니었다.

이안은 핀의 광역 순발력 버프와 할리의 버프를 중첩시켰다.

'순발력 차이를 극대화시켜야겠어.'

게다가 거인에게 순발력 디버프까지 걸자, 레벨이 150이나 차이 남에도 압도적인 움직임의 차이를 만들 수 있었다.

콰아앙-!

이안은 아슬아슬하게 거인의 해머를 피해 허공으로 도약했다.

"할리, 이쪽으로!"

크아앙-!

이안의 손짓에 재빨리 다가온 할리가 이안을 등에 태웠다.

타탓- 탓-!

할리는 현재 뿍뿍이를 제외한다면, 이안의 소환수들 중에서 가장 등급이 낮았다.

하지만 다른 스텟들을 순발력으로 환산시키는, 워낙 강력한 순발력 버프를 가지고 있었기 때문에 민첩성만큼은 아직도 모든 소환수들 중에 가장 빨랐다.

-크아아, 미꾸라지 같은 녀석!

이안과 라이, 그리고 핀은 거인의 생명력을 야금야금 갉아먹기 시작했다.

까가강- 깡-!

거인의 옆구리를 파고든 라이의 기다란 발톱이 그의 사슬 갑옷 사이를 파고들었다.

-소환수 '라이'가 '심연의 군주'에게 치명적인 피해를 입혔습니다!

-'심연의 군주'의 생명력이 187,698만큼 감소합니다.

그 방향으로 거인의 시선이 쏠린 틈을 타 이안의 정령왕의 심판이 거인의 어깻죽지에 틀어박혔다.

콰악-!

사슬 갑옷의 이음새 사이를 날카롭게 파고드는 이안의 창극.

-'심연의 군주'에게 치명적인 피해를 입혔습니다!

-'심연의 군주'의 생명력이 448,739만큼 감소합니다.'

+20강의 행성 파괴 무기의 성능이, 또 한 번 빛을 발하기 시작했다.

 -'심판의 번개'가 소환되었습니다.

 -'심연의 군주'에게 224,368의 전격 피해를 추가로 입혔습니다.

 -'심연의 군주'가 '감전' 상태에 빠집니다.

 -'심연의 군주'의 이동속도가 20퍼센트(-30퍼센트)만큼 감소합니다.

 정령왕의 심판에 옵션으로 붙어 있는 고유 능력인 '심판의 번개'.

 심판의 번개는 원래 10퍼센트의 확률로 발동하는 능력이었지만, 정령왕의 심판이 +20강까지 강화되면서 이제 30퍼센트의 확률로 발동되었다.

 강화 단계가 한 단계 올라갈 때마다, 능력치뿐만 아니라 고유 능력의 발동률도 함께 올라간 것이다.

 공격 계수까지 늘어나지는 않았지만, 이것만으로도 정말 어마어마한 파괴력을 자랑했다.

 유일하게 아쉬운 부분은, 보스의 엄청난 상태 이상 면역과 '감전'으로 인해 걸리는 이동속도 디버프가 제 역할을 하지 못한다는 점이었다.

 '아쉽다. 감전만 제대로 걸렸어도 완전 굼벵이로 만들어 버릴 수 있었는데.'

 이안과 소환수들은 더욱 긴장한 채로 전투를 끌어 가기 시작했다.

특히 그중에서도 이안은 집중력을 최대치까지 끌어 올려 거인의 움직임을 주시하고 있었다.

전투를 계속하면 할수록 가신들의 빈자리가 더욱 크게 느껴졌다.

'으…… 카이자르나 얀쿤까지는 아니더라도 세리아라도 있었다면 많이 수월했을 텐데.'

세리아의 소환수 치유 능력은 전투에 엄청난 도움이 되었기에, 이안이 가장 먼저 떠올린 가신은 카이자르나 얀쿤보다도 그녀였다.

아마 가신들이 전부 있었더라면, 이 정도의 보스는 어렵지 않게 잡아 냈으리라.

"후욱, 후욱."

이안의 호흡이 조금씩 빨라지기 시작했다.

하지만 그에 비례하여, 거인의 생명력 게이지도 빠르게 줄어들고 있었다.

"주인, 준비됐다!"

카르세우스의 말에, 이안이 재빨리 거인의 움직임을 봉쇄하며 허공으로 도약했다.

"지금이야!"

그리고 카르세우스의 입가에 보랏빛의 기운이 넘실거리기 시작했다.

크르르르–!

카르세우스의 입으로 빨려 들어가는 강력한 드래곤의 숨결.

브레스가 뿜어지기까지는 약간의 차징 시간이 필요했지만, 그 짧은 시간에 거인이 몸을 피할 수는 없었다.

디버프라도 걸리지 않았다면 모를 일이었지만, 지금의 거인은 브레스를 피하기는커녕 가드 자세를 취하지도 못했다.

그리고 여지없이 카르세우스의 숨결이 거인의 온몸을 불태우며 지나갔다.

화르르르륵-!

이안의 시선이 자동으로 거인의 생명력 게이지를 향해 움직였다.

'후우, 이제야 절반을 넘어선 건가?'

카르세우스의 브레스에 직격당한 뒤 생명력 게이지가 깜빡이기 시작한 심연의 군주.

이안은 몰아치던 공격을 멈추고 슬쩍 뒤로 물러났다.

'어떤 새로운 공격 패턴이 나올지 몰라. 조심할 필요가 있겠어.'

카일란의 수많은 보스 몬스터들은, 저마다 다양한 공격 패턴을 가지고 있다.

그 패턴은 보스들마다 제각각 달랐기 때문에 처음 만나는 보스 몬스터의 패턴을 바로 알 수 있는 방법은 없었지만, 한 가지, 모든 보스 몬스터의 공통점이 있었다.

생명력이 50퍼센트 남은 기점과 20퍼센트 정도 남은 기점에서, 한 번씩 공격 패턴이 바뀐다는 점이었다.

이안이 긴장한 눈빛으로 거인의 움직임을 주시했다.

'자, 이제 뭘 할 거냐. 광역 메즈기? 아니면, 회복 스킬?'

이안이 개인적으로 가장 싫어하는 보스의 패턴은, 자신의 생명력을 자체적으로 회복하는 류의 녀석들이었다.

힘들게 깎아 놓은 생명력을 한순간에 쭈욱 채워 버리는 모습을 보면 맥이 탁 풀릴 수밖에 없기 때문이다.

게다가 기껏 걸어 놓은 상태 이상까지 전부 면역이 되어 버리는 경우도 있었는데, 이럴 때는 정말 힘으로 찍어 눌러야만 했다.

하지만 다행히도 '심연의 군주'는 생명력을 채우거나 하지는 않았다.

대신에 그의 몸이 새파란 빛으로 둘러싸이며 온갖 버프가 무지막지한 능력치 위에 덧씌워졌다.

-'심연의 군주'의 모든 전투 능력이 30퍼센트만큼 상승합니다.

-'심연의 군주'의 생명력 회복 속도가 15퍼센트만큼 증가합니다.

-'심연의 군주'의 고유 능력인 '심연의 장막'이 발동합니다.

-앞으로 15분 동안, '심연의 군주'의 방어력이 27.5퍼센트만큼 증가하며, 피격 시 상대의 움직임을 30퍼센트만큼 감소시킵니다. (둔화 효과는 중첩되지 않습니다.)

시스템 메시지를 읽어 내려가던 이안의 표정이 살짝 찌푸려졌다.

'후우, 엄청나게 까다로워졌는데?'

이안은 거인에게 걸린 버프 효과들을 꼼꼼히 확인한 뒤, 다시 정령왕의 심판을 고쳐 잡았다.

'단 한 번만 실수해도, 그대로 게임아웃이야!'

한층 강화된 저 해머에 스치기라도 한다면, 그대로 시커먼 화면을 보게 될 것만 같았다.

타탓—!

이안이 다시 거인을 향해 달려들었다.

꿀꺽—.

릴슨은 마른침을 삼켰다.

'이, 이게 진짜 이안 님의 전투 능력!'

일전에도 말했지만, 릴슨은 이안의 광팬이었다.

당연히 그의 전투 영상은 전부 챙겨 봤고, 그와 함께하는 가신들과 소환수들까지 줄줄이 꿰고 있을 정도였다.

하지만 그런 그조차도 지금까지 이안의 전투 능력에는 어느 정도 거품이 껴 있다는 생각을 하고 있었다.

'그냥 영상 편집을 엄청 잘했다고 생각하고 있었는데…….'

이안의 영상을 전담하는 '소진'의 영상 편집 능력은 무척이나 뛰어났고, 일반 유저들은 그 편집 기술 덕분에 이안의 전투 능력이 더욱 돋보이는 것이라고 생각하고 있었다.

인터넷에 떠도는 영상들 중 수천만 뷰 이상을 기록한 영상들은, 정말인지 묘기라고 생각할 수밖에 없는 전투 장면들이 수두룩했기 때문이었다.

하지만 이안이 전투하는 것을 눈앞에서 확인한 릴슨은, 지금까지 그의 생각들을 전면 수정할 수밖에 없었다.

'이건…… 오히려 영상이 부족한 수준이야!'

이안이 대단해 보였던 것은, 결코 영상 편집 기술의 산물이 아니었다.

지금 이안의 움직임들은, 어떤 앵글에서 어떤 방식으로 찍어도 전부 다 그림이 나올 수밖에 없는 그런 전투 장면이었다.

"후우, 이제는 죽어도 여한이 없어. 이안 님이 결국 저 괴물을 잡지 못하신다 해도 이 영상만으로도 본전은 뽑고도 남을 거야."

릴슨은 고통 없이 사망한 뒤 영지로 돌아가, 이안에게 이 영상을 보여 줄 생각이었다.

'그리고 길드 홍보 영상으로 잘 편집해서 올리면, 수입도 수입이지만 홍보 효과가 엄청나겠지?'

릴슨은 머릿속으로 끊임없이 망상을 하고 있었지만, 영상을 조금이라도 더 잘 찍기 위해 끊임없이 움직이고 있었다.

그리고 시간이 조금씩 지날수록, 릴슨의 표정은 점점 더 경악으로 물들어 갔다.

"어…… 어……?"

어느새 '심연의 군주'의 생명력 게이지 바에 고정된 릴슨의 시선.

빠르게 점멸하기 시작한 거인의 생명력 게이지를 보면서 릴슨은 흥분하기 시작했다.

"설마…… 잡는 거야?"

그런데 그때.

크아아아—!

거인이 포효하며 돌발적인 공격을 감행했다.

후우웅—!

들고 있던 거대한 해머를 이안이 움직이는 방향을 향해 정확히 날려 버린 것이다.

릴슨이 보기에 그것은 절대로 피할 수 있는 성질이 아니었기에, 그는 두 눈을 질끈 감아 버렸다.

'젠장!'

이안은 날아드는 해머를 보며 이를 악물었다.

'이런 말도 안 되는 변칙 공격을 할 줄이야…….'

지금 시점은 절대로 보스 패턴이 바뀔 타이밍이 아니었다.

게다가 저런 식의 변칙 공격은 이안조차도 처음 보는 것이었다.

'몬스터 주제에 예측 공격을 하다니!'

이안은 극한의 집중력을 발휘했다.

저 무식한 쇳덩이에 맞으면 그대로 즉사할 게 분명했다.

타탓-!

몸을 날리던 도중, 이안은 동물적인 반사 신경으로 벽을 차고 절묘하게 방향을 틀었다.

하지만 그럼에도 불구하고, 해머 공격의 범위에서 완전히 벗어날 수는 없었다.

'흐읍! 약간 스칠지도 모르겠는데…… 생명력이 조금이라도 남길 바라야 하는 건가?'

그런데 바로 그때, 이안의 앞에 거대한 물의 장막이 솟아올랐다.

촤아아-!

이안과 부딪히기 직전이었던 해머는 물의 장막에 모든 파괴력이 흡수되어 바닥으로 힘없이 떨어져 내리고 말았다. 그러자 이안의 두 눈이 살짝 커졌다.

'뭐지, 이건? 뿍뿍이의 AI가 스킬을 발동시킨 건가?'

그야말로 기가 막힌 타이밍에 이안의 앞에 물의 장막이 등장한 것이다.

이것은 바로 뿍뿍이의 고유 능력이었고, 그랬기에 이안은 무척이나 놀랐다.

뿍뿍이의 지능 스텟은 높은 편이 아니었다.

이안이 직업 커맨드를 내리지 않으면 이렇게 완벽한 타이밍에 고유 능력을 발동시킬 만한 능력이 되지 않는 소환수였던 것이다.

"후우, 후우!"

운이 좋았던 것인지 어떤 것인지는 정확히 알 수 없었지만, 어쨌든 위기를 넘긴 이안은 호흡을 고르며 심연의 군주를 노려보았다.

물론, 뿍뿍이에게 칭찬을 건네는 것도 잊지 않았다.

"잘했어, 뿍뿍! 네가 최고야!"

뿍뿍이가 함박웃음을 지으며 엉덩이를 씰룩거렸다.

"뿍— 뿌뿍—! 이 정도는 별거 아니다뿍! 내가 다음에도 주인을 지켜 주겠뿍!"

이안은 평소에 칭찬에 무척이나 인색했다.

그랬기 때문에 이 정도의 칭찬은 뿍뿍이의 소환수 인생 최고의 칭찬이었던 것이다.

호흡을 고르고 다시 자세를 잡은 이안은, 소환수들을 향해 분주히 커맨드를 내리기 시작했다.

그는 속으로 자책했다.

'집중하자, 진성아! 이제 조금만 더 버티면 끝이야!'

방금의 공격은, 분명히 예측 가능한 범위 밖의 변칙 공격이었다.

그 누구라도 속수무책으로 당할 수밖에 없었던 그런 공격.

하지만 이안은, 좀 더 완벽하지 못했던 자신의 실수였다고 생각했다.

전투가 길어지면서 집중력이 떨어졌다고 생각한 것이었다.

'앞으로 20분! 20분 안에는 녀석을 잡고 던전을 클리어한다!'

마음을 다잡은 이안이 창대를 고쳐 쥐고 다시 심연의 군주를 향해 달려들었다.

심연의 군주의 생명력 게이지 바는, 이제 30퍼센트도 채 남지 않은 상황이었다.

중부 대륙의 널따란 사막 맵 중 하나인, 마오칸 사막.

이곳에서는 그야말로 대규모의 전투가 시작되고 있었다.

마계 몬스터 웨이브가 시작되면서 포털을 통해 쏟아져 나온 무지막지한 숫자의 하급 마수들과 그들을 사냥하기 위해 구름같이 모여든 수많은 카일란 유저들 간의 혈투가 벌어지기 시작한 것이었다.

이것은 거의 중부 대륙이 처음 열린 직후, 제국 간의 수십만 대군이 처음 맞붙었을 때를 방불케 하는 어마어마한 규모였다.

하지만 그때와는 사뭇 전투의 분위기가 달랐는데, 그 이유는 유저들을 휘어잡아 통솔하는 제대로 된 지휘관이 없기 때문이었다.

중부 대륙에서 벌어진 제국 간의 전투가 체계적인 전쟁을 연상시키는 느낌이었다면, 지금의 전투는 정신이 하나도 없을 만큼 어지러운 난전의 연속이었다.

깡- 까강-!

그리고 카일란 전역의 온갖 유저들이 다 모이다 보니, 별의별 유저들이 다 있었다.

"제기랄, 150레벨도 안 되는 쪼렙들은 대체 여길 왜 온 거야?"

"비켜, 비키라고! 지금 네놈이 시야를 가려서 생명력이 반이나 빠졌잖아!"

"하, 이 초딩 같은 놈이, 남 탓 쩌네. 내가 방금 이쪽에 들어오는 하급 마수 하나 잘라먹은 거 안 보이냐?"

"아니, 그걸 왜 들어가? 너만 안 들어왔으면 내 광역기에 싹 다 쓸리는 거였잖아! 하, 노답이네. 진짜 전투 흐름이란 걸 볼 줄 모르는 허접인 듯. 레벨만 높으면 뭐함? 에휴……."

속칭 '아니시에이팅'(남탓의 시작을 알리는 말로 '아니'로 시작하여 중간에 '하'가 들어가며, 끝은 보통 '에휴'와 같은 탄식으로 끝나는 말)을 시전하여 다른 유저들의 멘탈을 원심분리시키는 초딩은 물론……

"신의 가호!"

위잉- 위이잉-.

"아니, 이 미친놈이 왜 마수한테 쉴드를 거는 거야? 으악!"

의도적으로 적 몬스터에게 쉴드나 힐, 혹은 버프를 걸어 다른 유저에게 빅엿을 선사하는 사이코패스까지……

"큭, 크큭. 이 짓은 언제 해도 재밌단 말이지."

정말 다양한 미치광이들이 날뛰는 혼돈의 전장이었지만, 그래도 유저들은 꾸역꾸역 마수들을 상대해 내고 있었다.

"화염 장벽!"

"성스러운 빛!"

하지만 모든 유저들이 공통적으로 하는 생각이 하나 있었으니, 그것은 바로 이 마계 몬스터 웨이브가 생각보다 난이도가 엄청나다는 것이었다.

물론 몬스터 웨이브가 처음 열린 지금 시점에서는, 유저들이 큰 차이로 우세를 점하고 있었지만, 문제는 오늘이 겨우 웨이브 '첫날'이라는 점이었다.

난이도가 가장 낮은 첫날이었기에, 레벨이 부족함에도 불구하고 구경나온 저레벨 유저들도 상당수 있었는데, 그들은 전투가 시작한지 채 1시간도 되지 않아서 모두 전장 밖으로 도망가거나 마수들의 공격에 전멸당했다.

고레벨 유저들도 힘겹게 싸우는 마당에, 그들을 지켜 줄 유저는 어디에도 없었던 것이다.

　그리고 이쯤 되자, 양분되어 있던 커뮤니티의 여론이 한쪽으로 급격히 기울기 시작했다.

　두 개의 몬스터 웨이브 포털을 파괴한 이안과 레미르를 옹호하는 여론이 급격히 힘을 얻기 시작한 것이었다.

　-이안 님 욕하던 놈들 다 어디로 버로우 탐?

　-그러니까요, 미친……! 이 정도 난이도 웨이브가 두 개 더 있었다고 생각해 봐요. 진짜 생각만 해도 끔찍하네.

　-맞아요, 제가 현재 170레벨 정도 되는 전사 클래스 유저인데, 오늘 사냥 중에 최소 서너 번 정도는 죽을 뻔했다니까요?

　-아니, 님들. 왜 이렇게 심각하게 생각하시는 거임? 예상보다 몬스터 웨이브 난이도가 높았다고는 하지만, 네 군데 웨이브 중 첫 번째 지역에서 밀려나온 곳은 한 군데도 없잖음? 웨이브 두 개 쯤 더 있었어도 충분히 막아 냈을 법하구만.

　-오늘이 웨이브 첫날인 건 생각 안 합니까? 한 달 동안 지속될 몬스터 웨이브 중에, 가장 난이도가 저질인 첫날의 몬스터 웨이브였다구요.

　-쯧쯧, 저 님 분명 오늘 몬스터 웨이브 구경도 못 해 본 쪼랩 유저가 분명함.

　어찌 되었든 첫날의 몬스터 웨이브로 인해 마계 몬스터들에 대한 보다 많은 정보가 풀렸고, 유저들은 그에 맞춰서 발 빠르게 대응해 나갔다.

첫날의 전투가 정말 아무런 계획도 전략도 없는 무식한 주 먹구구식 싸움이었다면, 이제는 파티도 구성하고 조금씩 체 계가 잡히기 시작한 것이었다.

그리고 몬스터 웨이브에 대한 심각성을 느낀 상위권 유저 들은 앞장서서 역할을 분담했다.

하지만 이렇게 카일란의 모든 유저들이 마계 몬스터 웨이 브로 인해 분주한 이 시점에, 전혀 연관성 없어 보이는 던전 을 클리어 중인 유저가 하나 있었다.

콰르릉-! 쾅- 쾅- 쾅-!

허공에서 폭우처럼 쏟아져 내리는 거대한 얼음덩어리들.

이안은 정신없이 그것들을 피해 내며 속으로 투덜거렸다.

'이게 뭐야! 내가 지금 RPG게임을 하는 건지 슈팅 게임을 하는 건지 모르겠네.'

뿍뿍이의 상향된(?) 지능지수 덕에 한 차례의 위기를 모면 한 이안은, 그 뒤로 무난하게 전투를 진행시킬 수 있었다.

하지만 심연의 군주의 생명력이 5퍼센트 밑으로 떨어진 시점부터, 갑자기 전투 난이도가 확 올라가 버렸다.

거인이 커다란 함성을 지르더니, 허공에 무식하게 커다란 얼음덩어리들이 소환되기 시작한 것이었다.

덕분에 이안은 덩치가 큰 빡빡이와 카르세우스를 재빨리 소환해제 할 수 밖에 없었다.

'이제 진짜 치명타 한 방이면 끝이야!'

허공에서 떨어져 내리는 얼음덩이들의 패턴을 파악한 이안은, 라이와 할리를 컨트롤하여 조금씩 거인과의 거리를 좁혀 갔다.

'10초 뒤에 페이즈가 바뀌는 타이밍을 노린다!'

이안은 거인의 주변을 빙빙 돌며 완벽한 기회를 만들기 위해 모든 정신을 집중했다.

그리고 잠시 후, 떨어져 내리는 얼음덩이들이 사방으로 퍼져 나가는 순간이었다.

"할리, 라이, 지금이야!"

크르릉-!

이안과 그의 소환수들이 동시에 거인을 향해 달려들었다.

물론, 거인도 가만히 이안의 공격을 지켜보고만 있는 것은 아니었다.

-건방진 인간, 죽어라!

심연의 군주의 양 손에 새파란 빛을 내뿜는 한기가 모이기 시작했고, 그것이 무엇을 의미하는지 이미 알고 있는 이안이 허공에서 몸을 비틀었다.

"할리, 이쪽으로!"

이안의 명령이 떨어지자마자 자체 순발력 버프를 받은 할리가 쏜살같이 이안을 향해 달려왔다.

콰아앙-!

거인의 양손에서 뿜어져 나간 냉기의 광선은 이안이 있던 자리를 그대로 뚫고 지나갔다.

반면에 거인의 논타깃 스킬을 멋지게 피해 낸 이안은 할리의 등에 오른 채 거인을 향해 달려들었다.

"마지막이다!"

이안은 정령왕의 심판을 허공으로 치켜들고는, 그대로 거인을 향해 투척했다.

이 한 방으로 거인을 무조건 처치할 수 있다는 믿음이 아니라면, 절대로 시도할 수 없는 무모한 공격이었다.

하지만 이안의 대미지 계산은, 정확하게 맞아 떨어졌다.

푸우욱-!

약점 포착 스킬로 인해 표시된 거인의 약점에, 정령왕의 심판이 정확하게 틀어 박혔으며…….

-'심연의 군주'에게 치명적인 피해를 입혔습니다!

-'심연의 군주'의 생명력이 463,782만큼 감소합니다.

그 공격으로 인해 정말 바닥까지 떨어진 거인의 생명력은, 뒤쪽으로 돌아 들어온 라이에 의해 깔끔하게 마무리되었다.

-소환수 '라이'가 '심연의 군주'에게 치명적인 피해를 입혔습니다!

-'심연의 군주'의 생명력이 273,687만큼 감소합니다.

-'심연의 군주'를 처치하는 데 성공하셨습니다!

-'심연의 비동' 던전을 최초로 클리어하셨습니다.

-명성을 35만 만큼 획득했습니다.

-경험치를 7,687만 만큼 획득했습니다.

쿠웅-!

비밀 던전의 숨겨진 보스 몬스터인 '심연의 군주'.

그의 거구가 바닥에 쓰러지며 굉음이 울려 퍼졌고, 이안은 이마를 타고 흘러내리는 땀을 닦으며 천천히 거인을 향해 다가갔다.

'쉽지 않은 싸움이었어.'

이안의 입꼬리가 슬쩍 말려 올라갔다.

심연의 군주가 지키고 있던 인장도 인장이지만, 그를 처치함으로서 얻은 보상 또한 생각보다 훨씬 짭짤했기 때문이었다.

'하긴, 350레벨의 전설 등급 보스를 처치한 건데, 보상이 적은 게 더 이상한 거겠지.'

새까맣게 변해 있는 보스의 사체에서 드롭된 아이템들을 수거한 이안은, 이제 그 뒤쪽에 화려한 빛을 뿜어내며 둥실둥실 떠 있는 심연의 인장을 향해 천천히 다가갔다.

심연의 인장은 릴슨이 말했던 것처럼 연하늘색의 아름다운 빛을 뿜어내는 물방울 모양의 보석이었다.

그 바로 앞까지 다가간 이안은 자연스레 인장을 향해 손을 뻗었다.

하지만 다음 순간, 생각지 못했던 메시지가 떠올랐다.

-획득할 수 없는 형태의 아이템입니다.

이안은 의아한 표정이 되었다.

"뭐지? 획득할 수 없는 형태라는 말은 또 처음 들어 보는데?"

그런데 그때…….

이안의 뒤를 졸졸 따라온 뿍뿍이가, 심연의 인장을 향해 엉금엉금 기어가기 시작했다.

뿍뿍이는 뭐에라도 홀린 듯, 맑게 빛나는 물방울 모양의 보석 앞에 서서 그것을 올려다보았다.

"뿍, 뿌뿍……."

그리고 이안은, 한걸음 물러서서 뿍뿍이를 주시했다.

'자, 뿍뿍아, 이제 진화하자 제발……!'

이안의 바램이 뿍뿍이에게 닿은 것일까.

뿍뿍이의 등껍질이 다시 푸른빛으로 빛나기 시작했다.

우웅- 우우웅-!

그런데 바로 그때, 뒤쪽에 쓰러져 있던 거인의 사체에서 새파란 빛과 같은 무언가가 스르르 빨려나와 뿍뿍이와 심연의 인장 옆에 섰다.

그리고 그 파란 빛은, 점점 인간과 비슷한 형체가 되더니 천천히 입을 열었다.

─놀랍군. 놀라워. 어비스 드래곤이 인간계를 떠난 지 채 30년도 되지 않는데, 조건을 모두 충족한 새로운 어비스 터틀이 나타나다니…….

알 수 없는 말을 중얼거린 그는, 이안을 힐끗 바라보며 다시 말했다.

─혼자의 힘으로 내 시험을 통과한 괴물 같은 인간도 처음이고…….
놀라움의 연속이군.

이안은 뭐라 대답해야 할지 몰라 어정쩡한 표정으로 뒤를 힐끗 보며 물었다.

"야, 카카. 쟤 지금 무슨 말 하는 거냐?"

어느새 이안의 살아 있는 백과사전이 되어 버린 카카였다.

하지만 자신의 지식을 뽐내는 것을 좋아하는 카카는 우쭐거리며 입을 열었다.

"어비스 드래곤은 천년이 지나면 천상계로 완전히 승천한다고 알려져 있다."

"그래서?"

"아마 천 년 전 마계의 침략을 막아 낸 어비스 드래곤이 승천한 지가 30년이 되었다는 얘기인 것 같다. 어비스 드래곤은 한 차원계에 둘 이상 존재할 수 없는 신적인 존재이기

때문에, 전대의 어비스 드래곤이 승천해야만 어비스 드래곤
의 전신인 새로운 어비스 터틀이 탄생할 수 있는 거지."

"아하……."

"그리고 이건 나도 빡빡이 덕에 알게 된 건데, 보통 귀혼
이 전부 모이는 데 수백 년이 걸린다고 한다. 그런 의미에서,
아직 30살도 채 되지 않은 것으로 추정되는 뾱뾱이가 벌써
귀혼을 다 모았다는 것이 놀라운 부분인 거지."

"그렇군……."

카카의 완벽한 설명에 이안은 고개를 주억거리며 그의 머
리를 쓰다듬어 주었고, 카카는 뿌듯한 표정을 지었다.

그리고 그 뒤에서 빡빡이는 안타까운 표정으로 고개를 절
레절레 흔들고 있었다.

'카카, 너도 똑똑한 줄 알았더니 결국 주인 놈의 술수에 넘
어가고 있구나.'

제삼자가 보기에 카카는, 이안에게 그가 가진 모든 지식을
제공하는 진정한 노예였던 것이다.

한편 카카와 이안의 대화에 전혀 신경을 쓰지 않는 푸른
영혼은, 뾱뾱이에게로 천천히 다가가 손을 뻗었다.

─생각지도 못했지만, 이렇게 빨리 심연의 귀룡이 탄생하게 된 것도
어쩌면 신의 뜻일 터.

우우웅─.

영혼이 뻗은 손에서 새하얀 빛이 흘러나와 심연의 인장을

감싸기 시작했다.

그리고 그 빛은 점점 강해지더니, 종래에는 사방으로 갈래갈래 뻗어 나가기 시작했다.

─심연의 비동을 지키는 군주로서 새로운 심연의 귀룡의 탄생을 허하노라!

그의 말이 끝남과 동시에, 허공에 떠 있던 심연의 인장이 천천히 아래로 내려왔다.

물방울 모양의 보석은 결을 따라 천천히 부서지기 시작했으며, 그 사이사이로 눈이 부실 정도로 강한 빛이 뿜어져 나왔다.

"뿍, 뿌뿍!"

뿍뿍이는 멍하니 입을 벌린 채 그 빛을 하염없이 바라보았다.

그리고 잘게 조각난 심연의 인장은 허공으로 흩어지더니, 곧 뿍뿍이의 입을 향해 빨려 들어갔다.

후우웅─!

이안은 주먹을 불끈 쥐고 그 광경을 지켜보았다.

'드디어……!'

이안의 눈앞에, 기다리고 또 기다렸던 시스템 메시지가 드디어 떠올랐다.

띠링─.

─비밀의 던전인 '심연의 비동'을 모두 클리어하셨습니다.

–최초로 심연의 군주에게 인정받았습니다.

–'심연의 전사' 칭호를 획득하셨습니다.

–명성이 30만 만큼 증가합니다.

–소환수 뿍뿍이가 모든 조건을 만족하여 '심연의 인장'을 획득하였습니다.

뿍뿍이의 전신이 새하얀 빛으로 빛나기 시작했다.

그리고 이안은 재빨리 뿍뿍이의 상태를 확인했다.

–진화 중

이 얼마나 기다렸던 문구인가!

'라이가 진화한 이후에 처음인 건가?'

너무도 오랜만에 마주하는 문구여서 그런지, 이안은 처음 라이를 진화시켰던 20레벨 소환술사 시절의 감동이 밀려왔다.

빛나는 뿍뿍이의 몸이 점점 커지기 시작했다.

그리고 뿍뿍이의 주변으로, 흩어진 인장의 빛들이 모여들어 주변을 맴돌았다.

이안은 자신도 모르게 두 주먹을 불끈 말아 쥐고는 뿍뿍이의 변화에 집중했다.

'그래, 뿍뿍아! 너도 이제 밥값을 하는 거야!'

뿍뿍이에게 가져다 바친 미트볼들이 생각나며 만감이 교차했다.

사실 뿍뿍이는 유일 등급의 소환수에 불과했다.

그리고 아무리 잘 진화해 봐야 지금의 빡빡이 수준의 능력을 가지게 될 것이라는 것을 이안은 잘 알고 있었다.

그렇기에 원래대로라면 카르세우스를 얻을 때보다 기대감이 적어야 하는 게 맞았다.

뿍뿍이가 이번 진화로 아무리 강해지더라도 카르세우스보다 강력한 소환수가 될 수는 없을 테니까.

'물론 여의주를 얻은 다음은 달라지겠지만⋯⋯.'

하지만 라이를 제외하고는 가장 오랜 시간을 함께해 와서 그런지, 이안은 무척이나 벅차오르는 기분이었다.

우우웅-!

이안이 이런 저런 생각을 하는 사이, 드디어 뿍뿍이의 진화가 완료되었다.

그리고 뿍뿍이가 힘차게 포효했다.

뿌아아아앙-!

-소환수 '뿍뿍이'가 '어비스 터틀'에서 '심연의 귀룡'으로 진화하는 데 성공했습니다.

-소환수가 성공적으로 진화하여, '고급 훈련' 스킬의 숙련도가 상승합니다.

-'고급 훈련' 스킬이 Lv. 9로 상승하였습니다. (다음 레벨까지 87.7퍼센트)

-최초로 '심연의 귀룡'을 소환하셨습니다. 명성이 10만 만큼 증가합니다.

진화가 완료되자, 심연의 군주는 짧게 한 마디를 남기고 허공으로 사라졌다.

─그대가 여의주를 얻어 어비스 드래곤이 되는 날, 나를 다시 만날 수 있을 것이다.

한편 심연의 군주가 뭐라고 하는지는 관심이 하나도 없는 이안은, 뿍뿍이의 특이한 울음소리와 변화된 외형을 보고는 떨떠름한 표정이 되었다.

'으음…… 뭐지? 왜 빡빡이랑 다른 거지?'

진화한 뿍뿍이의 외형은, 뭔가 묘한 위화감이 들게 했다.

빡빡이와 비슷한 생김새를 가지기는 했지만, 네 발로 걷는 빡빡이와는 다르게 두 발로 서 있었고, 등에는 한층 멋들어진 등껍질이 있었지만, 뭔가 어울리지 않는 모습이었다.

게다가 등껍질 사이로 삐져나온, 카카의 날개를 닮은 작은 날개까지…….

'게다가 배는 왜 이렇게 나온 건데?'

뿍뿍이의 모습은, 굳이 비유하자면 '뚱뚱한 아기 공룡' 정도로 표현할 수 있었다.

아기 공룡이라기에는 조금 덩치가 크긴 했지만, 확실한 것은 이안이 기대했던 모습은 아니라는 것이었다.

'진성아, 침착하자. 원래 소환수가 외형이 다는 아니잖아?'

일반적으로 멋들어진 외형을 가진 소환수가 강력하다는 정설을 머릿속 구석에서 지워 버린 이안은, 빛의 속도로 소환수의 정보 창을 열었다.

1초라도 빨리 뿍뿍이의 정보 창을 확인해서, 이 알 수 없는 불안감을 지워 버리고 싶었다.

띠링-.

뿍뿍이

레벨 : 196
등급 : 전설
진화 가능
방어력 : 6,643
지능 : 825

분류 : 귀룡
성격 : 나태함
공격력 : 4,150
민첩성 : 1,025
생명력 : 687,525/687,525

고유 능력

–나태한 드래곤(패시브)

살이 쪄서 날지 못하는 나태한 드래곤이다.

살이 찔수록 그에 비례하여 방어력과 생명력이 상승한다. (영초나 영단을 먹을 때마다 방어력과 생명력이 영구적으로 상승한다.)

현재 추가 방어력 : 2,768

현재 추가 생명력 : 258,798

–욕심 많은 포식자

나태한 드래곤이 적을 한 입 크게 깨물어 공격력의 1,500퍼센트만큼의 피해를 입히고, 입힌 피해에 비례하여 생명력을 회복한다.

생명력이 20퍼센트 이하인 적은 무조건 한 입에 삼켜 버릴 수 있다. (보스 몬스터나 유저에게는 적용 불가)

삼켜 버린 적이 소화가 전부 되기 전에는 다시 사용할 수 없는 능력이다.

재사용 대기 시간 : 3분

–먹을 땐 방해하지 마!

식사 중에 방해받는 것을 무척이나 싫어하는 드래곤이다.

뿍뿍이가 무언가를 먹을 때 방해한다면, 주변에 생명력의 50퍼센트만큼을 가진 보호막이 생성된다.

고유 능력인 '나태한 포식자' 스킬을 사용할 때도 적용된다.

보호막이 한 번 생성되면 5분이 지나야 다시 생성할 수 있다.

—심연의 축복
'심연의 귀룡'만의 고유 능력인, 심연의 축복이다.
심연의 축복을 사용하면, 반경 30미터 이내의 모든 아군에게, 0.33초마다 자신의 생명력의 2퍼센트(13,750)만큼의 고정 수치를 회복시켜 준다.
심연의 축복이 사용되는 동안 시전자는 아무런 행동도 할 수 없으며, 기절이나 혼란 등의 상태 이상이 걸리면 스킬이 중단된다.
지속 시간 : 3분
재사용 대기 시간 : 15분
무척이나 식탐이 많고 나태한 드래곤이다.
먹는 것을 좋아하며, 일하는 것을 싫어한다.
가장 좋아하는 음식은 '마약 미트볼'이다.

무척이나 긴 뿍뿍이의 정보 창을, 이안은 한 글자도 빠짐없이 집중해서 정독했다.

그리고 마지막 한 줄까지 읽은 순간, 어처구니없다는 표정이 되어 뿍뿍이를 볼 수밖에 없었다.

'이거 뭐지? 이런 식으로 진화할 수도 있는 건가?'

뿍뿍이의 평소 성격이 고스란히 반영된 고유 능력들, 그리고 소환수에 관한 설명까지.

이런 경우가 처음인 이안은 당황했다.

'아무리 생각해도 원래 심연의 귀룡이 다 이런 외형에 이런 스킬을 가지고 있지는 않을 것 같은데……'

혼란스러운 이안을 향해 뿍뿍이가 뒤뚱뒤뚱 걸어왔다.

"뿍, 주인아, 나 멋있어졌냐뿍?"

무척이나 흡족한 표정으로 자신의 몸을 내려다보는 뿍뿍이를 보며 이안은 어이없는 표정으로 대꾸했다.

"머, 멋있는 것도 같다, 뿍뿍."

이안의 칭찬에 더욱 우쭐해진 뿍뿍이는 의기양양한 표정으로 자리에 털썩 주저앉았다.

"뿍, 그런데 나 왜 이렇게 배가 고프냐뿍."

"오늘 분량 미트볼은 아까 낮에 다 먹었잖아?"

"진화한 기념으로 좀 더 주면 안 되냐뿍."

결국 이안에게서 미트볼을 뜯어 내는 데 성공한 뿍뿍이는, 자리에 앉은 채 눈을 감고 미트볼을 음미하기 시작했다.

그리고 이안은 뿍뿍이의 스킬들을 한번 다시 쭉 읽어 보며, 이 특이한 녀석을 어떻게 활용해야 할지 고민하기 시작했다.

'외형이 좀 특이하기는 하지만 고유 능력이나 스텟은 내가 기대했던 것보다 훨씬 훌륭한데?'

생김새도 자꾸 보니 귀여운 것 같았다.

'특히 마지막 고유 능력, 심연의 축복이 진짜 엄청난 스킬인 것 같은데…….'

그동안 이안의 소환수 파티에서 가장 부족했던 부분은, 힐의 부재였다.

세리아와 다른 사제 클래스의 가신들이 힐을 해 주기는 했지만, 항상 아쉬움이 남아 있었던 것이다.

'소환수에게만 힐이 들어가는 게 아쉽기는 하지만 0.33초에 1만이 넘는 힐량이면, 10초면 30만 이상의 생명력이 차는 거잖아?'

30만의 생명력이면, 빡빡이조차도 절반 이상의 생명력이 차오르는 어마어마한 수치다.

애초에 '나태한 드래곤'이라는 특이한 패시브 때문에 뿍뿍이의 생명력 수치는 어마어마했고, 그에 2퍼센트에 달하는 생명력이니 1만이 넘어 버린 것이었다.

'다행이다. 또 진화 전처럼 밥만 축내는 식충이가 된 줄 알았는데, 이 정도면 1인분이 아니라 3인분은 거뜬히 하겠어!'

신이 난 이안은 뿍뿍이를 슬쩍 응시했다.

뿍뿍이의 덩치는 족히 10배 가까이 커졌지만, 조그마한 미트볼을 맛깔나게도 먹는 것은 예전과 다를 바 없었다.

이안은 흐뭇한 표정이 되었다.

'그래, 뿍뿍아, 형이 그동안 널 키운 보람이 있구나!'

그러다 문득 이안은, 어정쩡하게 등에 매달려 있는 뿍뿍이의 등껍질로 시선이 움직였다.

'그나저나 저 등껍질은 아무리 봐도 안 어울리는데, 대체 저기 왜 달려 있는 거지? 날개랑 등껍질 중에 하나만 달려 있어야 하는 거 아니야?'

그런데 그 순간, 뿍뿍이의 등에 어정쩡하게 매달려 있던 등껍질이 툭 소리를 내며 바닥으로 떨어졌다.

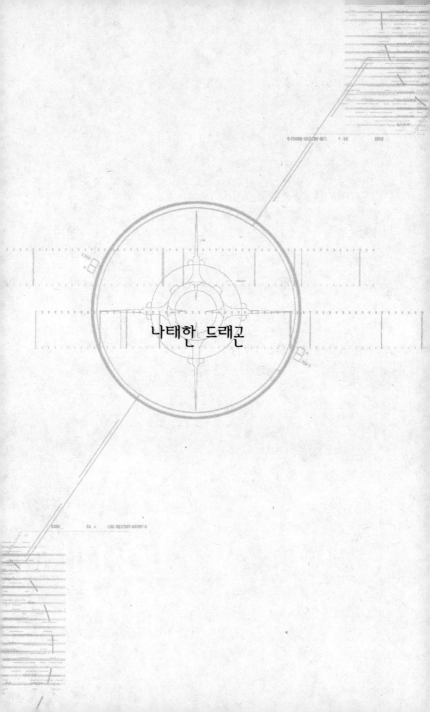

나태한 드래곤

Taming
Master

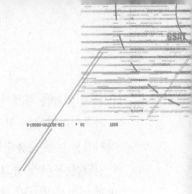

귀룡龜龍은, 거북 '귀' 자에 용 '용'이 합쳐진 말이다.

말 그대로 '거북용'이라는 의미.

그런데 거북이의 상징인 등껍질이 떨어졌다.

이안은 어이없는 표정으로 뿍뿍이에게 다가갔다.

"야, 뿍뿍아, 이거 떨어져도 되는 거냐?"

이안의 물음에 뿍뿍이는 건성으로 대답했다.

"그렇뿍. 난 이제 그거 필요 없뿍."

"너 거북이잖아. 거북이가 등껍질이 없는 게 말이 돼?"

뿍뿍이가 고개를 절레절레 저으며 대답했다.

"아니다뿍. 나는 이제 드래곤이다뿍."

이안은 뿍뿍이의 외모를 다시 한 번 아래위로 살폈다.

'대체 이놈은 정체가 뭐야?'

거북이라기에는 이제 등껍질도 사라졌고, 그렇다고 용이라기에는 너무 순둥순둥하게 생긴 외모.

일단 눈부터가 동그랗고 맨들맨들한 입이 뭉뚝하게 튀어나와 있어서 얼굴만 보면 거북이 같기도 했다.

'흐음…… 하마 캐릭터같이 생긴 거 같기도 하고…….'

아무렴 어떠랴.

이안은 뿍뿍이가 사랑스러웠다.

이안의 소환수를 보는 가장 큰 기준은, 언제나 성능(?)이었으니까.

그런 면에서 뿍뿍이는 무척이나 훌륭했다.

이안의 시선이 땅에 떨어져 있는 등껍질을 향해 움직였다.

"그나저나 이 등껍질은 어떡하지? 기념으로 가지고 가야하나?"

마치 허물을 벗은 것처럼 뿍뿍이의 뒤쪽에 널브러져 있는 등껍질.

이안은 그것을 집어 들어 정보를 확인해 보았다.

'어디 쓸모가 있는 물건이려나?'

귀룡의 등껍질	
분류 : 잡화(제작 재료)	등급 : 전설
내구도 : 1/1(내구도가 줄어들지 않습니다.)	

전설 속의 신수인 '심연의 귀룡'의 등껍질이다.
이 등껍질은 방패를 만들기 위한 최고의 재료로 알려져 있어, 골드로 환산할 수 없을 만큼 높은 가치를 가지고 있다.
이 물건을 얻기 위해선, 수백 년 이상 묵은 귀룡을 사냥해야 하는데, 아직 귀룡을 사냥하는 데 성공한 사람은 없다고 알려져 있다.
–단단한 등껍질
*등껍질로 피해를 막아 낼 시, 20퍼센트만큼의 피해를 흡수할 수 있다.
–전설의 재료
*'전설'등급의 재료이다. 제작 시 높은 확률로 '전설'등급의 장비를 얻을 수 있으며, 매우 낮은 확률로 '신화' 등급의 장비를 얻을 수 있다.
(전설 등급의 재료는, 제작 숙련도가 '마스터'레벨인 대장장이만이 사용할 수 있다.)
*유저 '이안'에게 귀속된 아이템이다.
다른 유저에게 양도하거나 팔 수 없으며 캐릭터가 죽더라도 드롭되지 않는다.
귀룡의 등껍질로 만든 방패는 어떤 공격에도 뚫리지 않는다고 알려져 있다.

아이템 설명을 읽은 이안은 고개를 절레절레 저으며 한숨을 폭 쉬었다.

'이걸 대체 어떻게 쓰라는 거야?'

귀룡의 등껍질.

설명만 읽어 봐도 엄청나게 좋은 제작 재료인 것은 분명했다.

심지어는 낮은 확률로 신화 등급의 아이템이 제작될 수도 있는 어마어마한 재료라고 한다.

하지만 문제는 한두 개가 아니었다.

'날더러 대장장이 생산 숙련도를 올리라는 거야 뭐야?'

우선 현재의 카일란에는, 어떤 생산 직종도 마스터 레벨에 오른 유저가 없었다.

그 이유는 간단했다.

전투 직업에 비해 생산 직업의 숙련도 쌓는 난이도가 두 배 가까이 어려웠기 때문이다.

하지만 그런 문제야 시간이 해결해 줄 수 있는 것이었다.

현재 최고 레벨의 숙련도를 가진 대장장이는, 그래도 고급 상위 레벨까지는 가지고 있었으니까.

한 1년 정도면 마스터에 오를 수도 있을 터였다.

치명적인 문제는 다른 곳에 있었다.

'아니, 재료 아이템에 계정 귀속이 붙어 버리면 어떻게 하냐고! 의뢰를 맡길 수가 없잖아!'

그랬다.

재료 아이템에 '계정 귀속' 옵션이 붙어 버리면, 다른 생산 직업군 유저에게 아이템을 넘길 수가 없었다.

그 말인 즉, 이안이 직접 제작 스킬을 올릴 것이 아니라면, 이 귀룡의 등껍질은 아예 손도 댈 수 없는 물건이라는 말이었다.

'그것도 마스터까지 말이지…….'

생산 직업은 전투 직업과 달리 여러 개를 얻을 수도 있다.

이안이 마음만 먹으면 지금부터 대장장이의 길에 들어서는 것도 불가능한 것은 아니라는 말이었다.

하지만 아무리 노가다를 좋아하는 이안이라고 해도, 이 시점에 대장간에 가서 망치질을 하고 싶은 생각은 없었다.

"아, 신이시여……."

안 좋은 손재주 탓에 소환수 전용 부적을 제작하는 것도 무척이나 어려웠던 이안이었다.

그런 그에게 최고의 손재주를 필요로 하는 대장기술은, 미지의 세계와도 같은 것이었다.

'후우, 그래도 버릴 수는 없으니까 가지고는 있어야겠지.'

이안은 귀룡의 등껍질을 인벤토리에 집어넣었다.

피격시 10퍼센트 정도의 대미지를 흡수해 주는 괜찮은 능력을 가지긴 했지만, 크기가 제법 커 등에 메기엔 움직이는 데 제약을 받았다.

'언젠가는…… 내가 카일란을 접기 전에 정말 할 일이 없고 심심해서 대장기술을 배우게 될지도 몰라.'

그렇게 자기합리화를 마친 이안은, 아직도 미트볼을 먹고 있는 뿍뿍이를 향해 말했다.

"뿍뿍아, 이제 여기 나가자. 미트볼 좀 빨리 먹어."

이안은 뿍뿍이를 재촉하기 위해 그의 곁으로 다가갔다.

그런데 그 순간.

-소환수 '뿍뿍이'의 고유 능력인 '먹을 땐 방해하지 매!'가 발동되었습

니다.

　─343,762만큼의 내구력을 가진 보호막이 뿅뿅이의 주변에 생성됩
니다.

　퉁─.

　반투명한 푸른 보호막이 뿅뿅이의 주변에 생성되면서, 이
안의 걸음이 보호막 앞에 가로막혔다.

　"……? 이거 뭔데?"

　이안은 당황한 표정으로 뿅뿅이를 향해 고개를 돌렸다.

　그런 이안과 눈이 마주친 뿅뿅이는 느긋한 자세로 천천히
식사를 마무리했다.

　"뿅, 원래 밥 먹을 땐 거북이도 안 건드리는 거다뿅."

　"……."

　이안은 그렇게, 뿅뿅이의 식사가 끝날 때까지 얌전히 기다
려야만 했다.

　몇 시간인지 헤아리기도 힘든 긴 시간을 캡슐 안에서 보낸
진성은 캡슐에서 나오자마자 침대에 벌러덩 누워 버렸다.

　'으…… 지금 몇 시지?'

　낮과 밤의 구분까지 희미해진 진성은 슬쩍 고개를 돌려 시
계를 확인했다.

　시계는 9시 30분을 가리키고 있었다.

　'바깥은 밝고, 9시 반인 것을 보니까 아직 새벽 9시 30분인

건가.'

카일란 오픈 초반, 규칙적이고 올바른 게임 플레이 습관을 가지고 있었던 진성이었지만 레벨이 오를수록 고난이도의 퀘스트를 많이 진행하게 되었고, 그러다 보니 밤낮이 바뀌는 것은 비일비재해질 수밖에 없었다.

그렇게 어느새 올빼미가 되어 버린 이안에게, 아침 9시 30분은 새벽이라고 할 수 있었다.

"아예 20시간 정도 자야겠어. 누적된 피로를 다 풀어 버리고, 맑아진 정신으로 다시 접속해야지."

20시간 뒤인 새벽 5시 정도에 알람을 맞춰 놓은 진성은, 그대로 잠에 골아떨어졌다.

"그러니까…… 우리 길드에 들어오고 싶으신 거예요?"

눈을 동그랗게 뜬 헤르스의 앞에는, 붉은 빛깔의 로브를 두른 한 여성 마법사가 서 있었다.

타는 듯이 붉은 머리를 가진 적발의 마법사, 레미르는 고개를 저으며 헤르스에게 대꾸했다.

"아뇨, 그런 건 아니고요, 마계 몬스터 웨이브가 진행되는 동안에만 로터스 길드와 함께하고 싶다는 거예요."

"아하."

이안과의 지옥 같았던 나흘간의 사냥.

그때의 악몽을, 레미르는 잊을 수 없었다.

'뭐 그렇게 악마 같은 놈이 있을 수 있는 거지?'

최소한의 휴식을 제외하고는 철저히 모든 시간을 사냥하는 데 쓰는 것은 기본이었다.

'게다가 나중에는 내 액티브 스킬들의 쿨타임까지 다 외워 버렸어.'

패시브 스킬의 경우에는 발동 이펙트가 크지도 않고, 파티 원인 이안이 정확한 발동 시점을 알기 힘들었다.

하지만 공격 마법과 같은 액티브 스킬의 경우, 당연히 시전자 본인이 아니더라도 발동 여부를 알 수가 있었다.

그렇기 때문에 마음만 먹으면, 파티원의 스킬 쿨타임을 체크하는 것이 불가능한 것은 아니었다.

그리고 이안은 처음 하루 정도의 사냥이 끝나자 레미르의 액티브 스킬들의 재사용 대기 시간을 모조리 알고 있었다.

'그게 말이 쉽지, 내 액티브 스킬이 몇 갠데 발동 시점을 전부 다 알 수가 있는 거냐고.'

심지어 이안은, 단순히 시간만을 외운 것이 아니라 스킬이 발동될 타이밍에 기가 막히게 자신이 원하는 움직임을 보여 주었다.

처음에는 그게 그저 전투 감각이라고 생각했던 레미르였 지만 시간이 지나자 뭔가 이상함을 느꼈고, 이안에게 물어봤

Taming Master
테이밍마스터

던 것이었다.

  -이안 님, 어떻게 제 스킬 타이밍을 그렇게 정확하게 아는 거예요?

  -아, 그거요. 레미르 님 스킬들 재사용 대기 시간을 전부 다 외웠거든요.

  -……?

  -잉걸불은 3분 30초 정도, 빙하의 장막은 2분 15초쯤. 화염폭발은 25초 정도인 것 같고…….

  이안과의 대화를 잠시 떠올린 레미르는 고개를 절레절레 흔들며 속으로 중얼거렸다.

  '내가 미쳤지. 대체 여기를 왜 온 거야?'

  사냥이 끝난 직후, 레미르는 다시는 이안과 파티를 하지 않을 것이라 다짐했다.

  하지만 1시간, 2시간이 지나고, 하루가 지나자 생각이 조금씩 바뀌기 시작했다.

  사냥하는 동안의 고통(?)은 어느새 잊히고, 경험치 게이지에 들어찬 경험치들과 인벤토리에 가득한 마정석, 그리고 높은 등급의 아이템들이 눈에 들어오기 시작한 것이었다.

  '이안, 그 괴물 같은 놈과 함께하는 게 아니면 이런 수준의 미친 사냥은 불가능해.'

  로터스 길드에 들어가고 싶은 생각까지는 아직 없었지만,

이안과의 파티 사냥을 한번쯤은 더 해 보고 싶었던 레미르였다.

마침 로터스 길드의 영지인 파이로 영지가 몬스터 웨이브와 멀지 않은 위치에 자리해 있었고, 레미르는 이안과의 사냥을 한 번 더 경험해 보기 위해 이곳에 찾아온 것이었다.

레미르가 헤르스를 향해 말했다.

"제가 함께 있으면, 그래도 짐이 되지는 않을 거예요. 어떤가요, 제 제안을 받아 주시겠어요?"

당연한 것이겠지만, 헤르스는 쌍수를 들고 환영했다.

'랭킹 1위 마법사를 돈 안 들이고 고용할 수 있는 이런 엄청난 기회를 차 버리는 건 말도 안 되지!'

헤르스가 활짝 웃으며 대답했다.

"물론이죠! 우리야 레미르 님께서 함께해 주신다면 영광입니다."

"고마워요, 헤르스 님."

잠시 곱상한 레미르의 얼굴을 응시하던 헤르스의 뇌리에 문득 이안이 떠올랐다.

'그나저나 이렇게 되면, 일시적이라고는 해도 우리 길드 전력에 랭킹 1위가 클래스별로 셋이나 생기는 건가?'

며칠 전에 피올란에게 찾아온, 사제 클래스 랭킹 1위 유저인 레비아. 그리고 너무나도 유명한 마법사 클래스 랭킹 1위 유저인 레미르.

마지막으로 압도적인 소환술사 랭킹 1위인 이안까지.

"근데 이안 이 녀석은, 대체 언제 합류하는 거지?"

헤르스의 중얼거림에, 레미르가 반응했다.

"이안 님이 지금 여기에 안 계신가요?"

헤르스가 고개를 끄덕였다.

"아, 네. 이안이 못 본 지가 오래됐네요. 지금 무슨 중요한 퀘스트 한다고 바쁜가 봐요. 조만간 합류하기로 했으니, 아마 올 거예요."

이안이 없다는 사실이 조금 아쉬웠지만, 레미르는 천천히 고개를 끄덕였다.

"뭐, 그렇군요."

어차피 이안이 없더라도, 파이로 영지만큼 몬스터 웨이브를 상대하기에 훌륭한 구조를 가진 방어요새는 어느 곳에도 없었다.

레미르는 천천히 몬스터 웨이브를 상대하며 이안을 기다릴 생각이었다.

"마계와 중부 대륙 이외에, 다른 맵을 오는 건 정말 오랜만이네."

사막지대가 대부분인 중부 대륙과 칙칙한 마기가 넘실거

리는 검붉은 빛깔 일색인 마계.

그에 비하면, 북부 대륙은 정말 천국과도 같은 환경이었다.

맑은 하늘과 청량한 공기가 가득했다.

유일한 단점이라면, 설원지대가 많아서 좀 춥다는 정도.

'그래도 더운 거보단 역시 추운 게 낫지.'

이안은 여름보다 겨울을 좋아했다.

그리고 그 이유도 제법 타당했다.

'더울 때 벗는 건 한계가 있지만, 추우면 계속 껴입으면 되잖아?'

하지만 모두가 이안과 같은 생각인 것은 아니었다.

"주인아, 여기는 대체 왜 이렇게 춥냐?"

이안은 뒤에서 오들오들 떠는 카카를 보며 피식 웃었다.

"카카, 너 북부 대륙 처음 와 봐?"

카카가 고개를 저었다.

"처음 와 보는 건 아니다, 다만……."

"다만?"

"와 본 지 최소 1,500년 정도는 된 것 같아서 기억이 잘 나지 않는다."

"……."

그리고 추위에 오들오들 떨고 있는 가녀린 중생이 하나 더 있었다.

"주인아, 나 너무 춥뿍."

둥글둥글한 턱을 달달 떨며 어기적어기적 이안을 따라오고 있는 뿍뿍이가 그 주인공이었다.

이안이 어이없는 표정으로 대꾸했다.

"넌 여기 나랑 자주 왔었잖아. 갑자기 왜 춥다는 거야?"

뿍뿍이가 불쌍한 표정을 지어 보이며 대답했다.

"그때는 따뜻한 등껍질이 있었다뿍."

이안이 고개를 절레절레 저었다.

"오히려 그때보다 지방층이 두터워진 지금이 더 따뜻할 것 같은데……."

찌릿-!

뿍뿍이가 이안을 노려봤지만, 이안은 아랑곳하지 않고 서둘러 걸음을 옮겼다.

"조금만 더 가면 된다. 저 능선만 넘으면 마계 차원 포털이 있는 곳이야."

지금 이안은 다름 아닌, 마계 몬스터 웨이브를 향해 움직이고 있었다.

그들이 향하는 곳은, 로터스에서 가장 가까운 마계 차원문.

이안이 시간을 확인한 뒤 속으로 계획을 세웠다.

'오늘 웨이브 오픈까지 15분 정도가 남았으니까 도착하면 한, 두 시간 정도 지나 있으려나……'

이안은 새로 얻은 행성 파괴 무기와 전설 등급으로 진화한 뿍뿍이를 써 보고 싶어서 근질거렸다.

물론 전륜성왕의 퀘스트를 바로 하러 가더라도 원 없이 싸울 수는 있겠지만, 지금 당장 전투해 보고 싶었던 것이었다.

　그리고 이유가 하나 더 있었다.

　'전륜성왕과 관련된 퀘스트를 하기 시작하면 분명 또 어마어마하게 강력한 괴물들을 만나게 되겠지.'

　원래 새로 얻은 아이템의 성능을 시험해 보기 위해선 지금까지 사냥해 왔던 환경과 비슷한 곳에서 사냥해야 한다.

　아무리 좋은 무기로 바뀌어도 사냥터의 난이도 자체가 올라가면 결국 그 둘이 상쇄되어 버리기 때문이다.

　이안은 시험해 보고 싶은 장난감들이 생겼으니, 지겹도록 사냥했던 마계 몬스터들을 상대로 원 없이 전투를 치러 볼 생각이었다.

　'마침 로터스 영지에 동부 대륙 방면으로 워프할 수 있는 포털도 있으니까. 반나절 정도만 마계 웨이브란 걸 경험해 보고 차원의 마탑으로 가야겠어.'

　계획을 정한 이안의 걸음이 조금 더 빨라졌다.

　'기왕 몬스터 웨이브 사냥하러 가는 거면 1초라도 더 잡아야지.'

　"으으, 진짜 빡세네요. 오늘은 슈랑카 평원뿐만 아니라,

왠지 리벨리아 고원까지도 뚫릴 것 같아요."

"그러니까요. 사흘차인데 벌써 이래 버리면, 나중에 이십일, 삼십일 될 때는 대체 어디까지 밀려 내려올는지……."

북부 대륙에 열린 두 개의 마계 차원문 중 한 곳인 슈랑카 평원.

그곳에는 구름같이 많은 유저들이 마수들을 상대하기 위해 모여 있었다.

오늘로 마계 몬스터 웨이브가 시작된 지는 사흘째.

유저들은 그간 전투에 참여하며 얻었던 팁이라든가 정보들을 서로서로 나누고 있었다.

첫날에는 정말 난장판에 가까운 전장이었으나, 몬스터 웨이브의 난이도가 어마어마함을 체감한 뒤로 유저들이 뭉치기 시작한 것이다.

"크, 그나저나 슈랑카 평원에만 유독 랭커들이 없는 것 같지 않아요?"

"그러게요. 랭커들이 대부분 중부 대륙에 모였다고는 하지만, 이렇게 북부 대륙 방치하다가는 정말 큰일 날 것 같은데……."

"님들, 그게 아니고 우리 루스펠 제국에 랭커 숫자가 엄청 부족해서 그런 겁니다."

"으음?"

"잘 생각해 보면, 상위권 유저 대부분이 카이몬 제국 출신

이에요. 루스펠 출신 랭커들은 아마 중부 대륙에 투입되기도
벅찰 겁니다."

"듣고 보니 그것도 일리가 있네요."

여러 번 설명하지만, 마계 몬스터 웨이브가 열린 곳은 총
네 곳이며, 그중 두 곳은 중부 대륙에 있고 나머지 두 곳은
북부 대륙에 있다.

그런데 몬스터 웨이브가 생성된 위치가 참 애매했다.

중부 대륙의 두 몬스터 웨이브는 멀지 않은 곳에 모여 있
는 반면, 북부 대륙의 몬스터 웨이브는 북부 대륙 양 극단에
생성된 것이었다.

그렇기 때문에 자연스레 서쪽 끝에 열린 마계 차원문은 카
이몬 제국의 유저들이 지키게 되었고, 동쪽 끝에 열린 마계
차원문은 루스펠 제국의 유저들이 지키게 된 것이다.

그래서 카이몬 제국보다 상대적으로 전력이 부족한 루스
펠 제국은, 마계 몬스터 웨이브를 좀 더 힘겹게 막아 내고 있
었다.

차원 전쟁 방어군 막사의 한쪽 구석.

전투 준비를 마친 몇몇의 유저가 한숨을 푹푹 쉬고 있었다.

"휴우…… 그런데 우리 루스펠 제국에 정말 랭커가 그렇게

없나요?"

"네, 정말 없죠. 알려진 유명한 랭커인 이라한이나 샤크란, 세일론 등등 대부분의 강력한 유저들이 카이몬 제국에 포진해 있으니까요. 루스펠 제국의 알려진 랭커라고 해 봐야, 사무엘 진, 로이첸, 마틴 정도인데, 로이첸 님은 그나마 아직 전체 5위권을 유지하고 계시지만, 마틴 님은 9위였나? 거의 10위권 끝자락으로 떨어졌고 사무엘 진 님은 아예 10위 밖으로 밀려났다는 얘기가 있더라고요. 궁사 클래스 랭킹도 2위로 떨어졌고요."

그의 말에, 근처에 앉아 잠자코 듣고 있던 한 소환술사 유저가 대꾸했다.

"님, 근데 방금 빼먹으신 루스펠 소속 랭커분이 몇 명 있네요."

"음⋯⋯?"

"레미르 님과 이안 님을 빼먹으셨어요. 정말 중요한 두 분을요."

남자가 표정을 살짝 찌푸렸다.

"그 두 사람은 몬스터 웨이브에 나타난 적이 아예 없잖아요?"

"그건 그렇지만⋯⋯."

"그리고 레미르 님이야 자타공인 마법사 랭킹 1위의 유저니까 분명 엄청난 활약을 하실 텐데, 이안 님은 클래스 랭킹

1위라고는 해도 고작 소환술사 랭킹 1위인데 나와서 뭘 하겠어요?"

그 말에, 지금까지는 소극적으로 듣고 있던 소환술사 유저가 발끈하며 대꾸했다.

"헐, 이분 최소 이안 님 전투 영상 한 번도 안 보신 분이네."

남자가 고개를 저으며 대답했다.

"아뇨, 당연히 봤죠. 그리고 저도 감탄했습니다. 전투 센스가 어마어마한 유저인 건 분명하니까요. 하지만 결국에는 소환술사예요. 레벨 업 난이도가 극악이라는 소환술사. 지금 소환술사 공식 랭킹 1위의 레벨이 170도 채 되지 않던데, 그 레벨로 뭘 하겠어요?"

소환술사 유저가 다시 한 번 발끈했다.

"이안 님은 달라요! 제 생각에 이안 님 레벨은 못해도 180~190 정도는……."

그의 말에, 남자는 한숨을 푹 내쉬었다.

"휘유, 소환술사 유저들 사이에서 이안 님이 거의 신처럼 추앙받는 건 알고 있는데, 사실 몇몇 영상 때문에 너무 부풀려진 것 같아요. 상식적으로 생각해 보세요. 이안 님이 아무리 날고 긴다고 해도, 공식 랭킹 1위랑 레벨 차이가 10 이상 날 수 있다는 게 말이나 되는 소립니까?"

"그건……."

"제 생각에는요, 만약 이안이 여기 지금 나타난다고 해도 아마 방어군 딜량 순위 10위권도 힘들 거예요.”

“으음…….”

남자의 일목요연한 정리에, 이안을 옹호하던 소환술사 유저는 풀이 죽어 버렸다.

'절대 그럴 리 없는데……. 이안 님이 여기 오시면 분명 하드 캐리 가능할 거야.'

그는, 얼른 이안이 차원 전쟁 방어군에 참여해서 자신의 생각이 틀리지 않았음을 증명해 줬으면 좋겠다고 생각했다.

'휘유, 고달픈 소환술사 게임 인생이여…….'

그런데 그때, 멀찍이서 커다란 북이 울리기 시작했다.

둥- 둥- 둥-.

“전투 시작 3분 전입니다! 모두들 정비 끝내시고 전투태세로 전환해 주세요!”

띠링-.

-차원 전쟁 방어군 막사에 합류하셨습니다.

-전쟁에 참여하려면, 토벌대원으로 등록해야 합니다.

이안은 최대한 서둘러 움직였지만, 전투가 시작된 지 한참이 지나고서야 막사에 도착할 수 있었다.

“뭐야, 등록도 해야 되는 거였어?”

한시라도 빨리 사냥을 하고 싶었던 이안은, 생각지 못한 시스템 메시지가 떠오르자 얼굴을 찌푸렸다.

'어디 보자…… 저쪽인가?'

이안은 후다닥 움직여 가장 규모가 커 보이는 막사로 이동했다.

그리고 그 안에는, NPC 하나가 꾸벅꾸벅 졸며 앉아 있었다.

'요놈인 거 같은데…….'

이안이 그에게 말을 걸었다.

"저기…… 안녕하세요."

그러자 잠에 취해 있던 NPC가 화들짝 놀라며 이안을 응시했다.

"뭐야? 아직도 막사에 남아 있으면 어떡해? 전투가 시작된 게 언젠데 아직도 여기 있는 거야?"

이안이 곧바로 대답했다.

"차원 전쟁에 처음 참여하는 사람입니다. 전쟁에 참여하려면 신규 대원으로 등록을 해야 한다고 해서……."

이안의 말이 끝나자마자, NPC는 귀찮다는 듯 나무로 된 패 하나를 던져 주며 얘기했다.

"이 패 들고, 저기 저 서류 보이지? 저기에 서명하고 가면 돼."

그리고 이안의 시야에 시스템 메시지가 몇 줄 떠올랐다.

띠링-.

-슈랑카 평원의 '마계 침략군 토벌대원'으로 등록되셨습니다.

-직책 : 사병

-등급 : D

-모든 직책에는 S~D까지의 다섯 등급이 존재하며, 전투에 참여하여 높은 전공을 올릴수록, 높은 직책과 등급을 얻게 됩니다.

-직책과 등급이 높을수록, 몬스터 웨이브가 끝날 때 얻을 수 있는 보상이 좋아집니다.

이안은 손에 들려 있는 나무패를 슬쩍 응시했다.

그리고 거기에는 조악한 글씨로 D라고 큼지막하게 적혀 있었다.

이안의 표정이 찌푸려졌다.

'뭐야. 사병인 데다, D등급?'

무려 '후작'이라는 지고한 신분을 가진 데다가, 마음만 먹으면 언제든지 '공작'을 넘어 '대공'이 될 수도 있는 어마어마한 명성치를 모아 둔 이안이다.

그랬기에 이안은 NPC의 이런 푸대접이 무척이나 마음에 들지 않았다.

'쌓여 있는 명성만 천만 단위가 넘는데, 이쯤 되면 알아볼 법도 하지 않나?'

어쨌든 시스템상 토벌대의 직책은 명성과 상관이 없어 보였고, 이안은 바닥부터 올라가야 하는 상황이 된 것이다.

원래는 반나절 정도를 투자해 잠깐 동안만 맛보기로 참여해 본 뒤, 퀘스트를 하러 갈 생각이었던 이안이었지만, 이렇게 되자 알 수 없는 반발심이 생겨 버렸다.

D라는 글자가 큼지막하게 박혀 있는 목패를 품속에 대충 쑤셔 넣은 이안은, 막사를 나서며 작은 목소리로 중얼거렸다.

"계획 변경이다!"

'딱 사흘 정도만 투자해 보자. 그때까지 공적치 쌓으면 그래도 괜찮은 등급은 받을 수 있겠지.'

이안의 의지가 활활 불타오르기 시작했다.

to be continued

SEASON 2
Again my Life

어게인 마이 라이프

절대 권력자를 잡고 자취를 감췄던 천재 검사,
악덕 대기업을 무너뜨리기 위해 변호사로 돌아오다!
『어게인 마이 라이프 Season2』

조태섭 의원을 체포하고 모든 것을 내려놓은 김희우
그런 그에게 연수원 동기의 자살 소식과 함께
한 통의 의뢰가 찾아든다

"남편의 명예를 되찾고 싶어서 찾아왔습니다.
절대 자살 같은 걸 할 사람이 아니에요."

한국 경제를 좌지우지하는 거대 그룹에 살해당한 친구를 위해
법무 법인 KMS에 입사한 그는
제왕 그룹을 파헤치기 위해 활동을 재개하는데……

그가 있는 곳에 사회정의가 있다!
당신의 숨통을 틔워 줄 김희우 변호사의
치밀한 복수극이 시작된다!

꿈의 도약, 로크에서 하십시오
(주)로크미디어에서 신인 작가를 모십니다

즐거운 세상, 로크미디어는 꿈을 사랑하고 도전을 두려워하지 않는 작가 분들의 참신한 작품을 기다리고 있습니다. 21세기 장르 문학계를 이끌어 갈 차세대 선두 주자 (주)로크미디어에서 여러분의 나래를 활짝 펴 보시길 바랍니다.

모집 분야 판타지와 무협을 포함한 장르 문학
모집 대상 아마추어 작가, 인터넷 작가
모집 기한 수시 모집
   작품 접수 시 유의 사항
   1. 파일명은 작가명_작품명.hwp형식을 갖춰 주십시오.
   1. 파일에 들어갈 내용은 다음과 같습니다.
      — 성명(필명인 경우 실명을 밝혀 주세요), 연락처, 이메일 주소
      — 제목, 기획 의도
      — A4용지 1장 분량의 등장인물 소개
      — A4용지 2장 분량의 전체 줄거리
      — 본문
   1. 작품이 인터넷에 연재되고 있다면, 게시판명과 사이트의 구체적이고 정확한 주소를 기재해 주십시오.

선택된 작품은 정식 계약 후 출판물로 간행되어 전국 서점에 유통됩니다.
작가 분은 (주)로크미디어의 전폭적인 지원하에 전속 작가로 활동하시게 됩니다.
※ 자세한 내용은 로크미디어 홈페이지(rokmedia.com)를 참조하세요.

(03920)서울시 마포구 성암로 330 DMC첨단산업센터 3층 314호
(주)로크미디어 편집부 신간 기획 담당자 앞
전화 : 02 - 3273 - 5135
www.rokmedia.com   이메일 : rokmedia@empas.com

허원진 퓨전 판타지 장편소설

아빠는 그냥 강해

『우리 삼촌은 월드 스타』『형제의 축구』
믿보작 허원진의 신작!

우주선이 나타나고 세상이 망했다?
마지막으로 한 게임 속 능력을 부여받은 인간들
몬스터에 인간쓰레기 빌런까지 버무려진 엉망진창 세상!
그 속에서 24년 차 가장의 저력이 빛난다!

근데 내가 마지막으로 했던 게임이 뭐더라?

배× 고수 첫째
불만 쏘는 마법사 둘째
마× 크래프트 블록 장인 셋째
프×즈 라이더 베스트 드라이버 넷째
그냥(?) 강한, 아빠 윤요한
환장의 게임 조합으로 위기를 헤쳐 나간다!

세상이 망해도 우리 가족은 내가 책임진다!
숨겨 왔던, 가장의 게임력이 폭발한다!

還生武神
환생무신

김신 신무협 장편소설

천하를 통일한 북천대장군이자
황제의 의형, 무신武神 선화윤

팔다리가 찢겨 죽었다
믿었던 의동생과 동료들의 손에
황제 위에 자리한다는 이유로

15년 뒤, 다시 눈을 떴다
인신 공양에 바쳐진 태양신궁의 사공자 화윤으로
심장에는 정제불명의 태양까지 품은 채!

"동생아, 네가 죽인 형님이 돌아왔다!"

거짓과 위선으로 가득한 세상
환생한 무신의 징벌이 시작된다!